Wolfgang Bortlik

★

ARME RITTER

★

Roman

Edition Nautilus

Für Lutz

Edition Nautilus Verlag Lutz Schulenburg
Schützenstraße 49 a · D-22761 Hamburg
www.edition-nautilus.de

Originalveröffentlichung · Erstausgabe Februar 2014
Umschlaggestaltung: Maja Bechert, Hamburg
www.majabechert.de
Druck und Bindung:
Freiburger Graphische Betriebe
1. Auflage
Print ISBN 978-3-89401-789-7
E-Book EPUB ISBN 978-3-86438-152-2
E-Book PDF ISBN 978-3-86438-153-9

We are stardust, we are golden.
Joni Mitchell

Ich werde nicht böse auf Sie und mache Ihnen keine Vorwürfe, da ich weiß, wenn Sie lügen, die Wahrheit verheimlichen oder stillschweigend übergehen, dann tun Sie es nicht aus irgendeinem selbstsüchtigen Grund, Sie tun es schlechtweg, weil Sie glauben, es sei der Sache dienlich.
Michail Bakunin an Sergej Netschajew

Denn niemals kann erzwungen werden, dass ist, was nicht ist.
Parmenides

Vorspiel

Ein junges Paar betritt den Schalterraum der Kreissparkasse des Marktfleckens Glonn in Oberbayern. Beide sind sehr ordentlich gekleidet, die Frau ist auffällig blond. Gleich dahinter kommt noch ein junger Mann herein, bleibt aber beim Eingang stehen. Er ist von einer gewissen Statur, sein Anzugsakko spannt in den Schultern und die Hosen sind zu kurz. Er trägt eine große Sonnenbrille. Außer den dreien ist nur eine ältere Kundin in der Bank, die lautstark die Sommerhitze beklagt. Der Filialleiter lehnt sich über seinen Schaltertisch und lockt mit unverständlichen Lauten den Rauhaardackel der Dame.

Das Pärchen, beide bebrillt, er mit einem sauber gestutzten Vollbart, geht zum zweiten Schalter der Kreissparkasse.

Dort betrachtet eine Bankangestellte im Ringelpulli etwas gelangweilt ihre rosa lackierten Fingernägel, bevor sie sich den beiden jungen Leuten zuwendet: »Grüß Gott, was kann ich für Sie tun?«

Dem jungen Mann, der ziemlich krumm dasteht, steht der Schweiß an beiden Schläfen. Er krächzt etwas Unverständliches und wischt sich fahrig übers Gesicht, während die junge Frau ihre voluminöse Handtasche aufklappt und plötzlich eine Pistole in der Hand hält.

Da legt auch der Mensch im zu engen Anzug beim Eingang in voller Lautstärke los: »Das ist ein Überfall! Keine Bewegung! Das ist ein Überfall!« Er hat auch eine Waffe in der Hand und geht zum Schalter mit dem Hundeliebhaber. Die ältere Dame sinkt mit einem wehen Laut bewusstlos zu Boden. Ihr Dackel beginnt zu kläffen. Der Filialleiter hebt die Flossen hoch und sieht seine Untergebene dringlich an. Die hält auch die Händchen in die Luft, wedelt aber damit, als ob sie ihren Nagellack trocknen müsste.

»Was soll der Scheiß, runter mit den Pfoten! Hier, das Geld rein, alles Geld hier rein!« Die junge Frau gibt einen der Leinensäcke, die sie aus ihrer Tasche zieht, dem Ringelpulli hinter dem Schalter und wirft den anderen dem Komplizen im zu knappen Anzug zu.

Der wird wieder sehr lautstark: »Das ist ein Überfall! Alles Geld in den Sack! Auf geht's! Keinen Alarm, sonst knallt es!«

Der Dackel bellt dazu.

Die Bankangestellten fangen an, Geldbündel in die Säcke zu stopfen. Auf Befehl der jungen blonden Frau öffnet der Filialleiter den Tresor. Der Dackel bellt und bellt.

»Halt die Schnauze, Waldi!« Der im Anzug versucht, den Hund zu treten, doch der Dackel verbeißt sich stattdessen in sein Hosenbein. Plötzlich geht ein Schuss los. Ein Riesenkrach. Alles erstarrt. Die Welt steht einen Moment lang still. Dann packen der Filialleiter und seine Mitarbeiterin bedeutend schneller als vorher das Geld in die Säcke. Der Dackel verzieht sich fiepend hinter sein immer noch bewusstlos daliegendes Frauchen.

Der Bankräuber mit dem gestutzten Vollbart ist leichenblass geworden. Jetzt schreit auch die junge Frau: »Her mit den Säcken!« Der Brüllaffe fuchtelt mit der Pistole herum und der Filialleiter drückt noch ein letztes Bündel Banknoten in den Sack.

Alles hat vielleicht drei, vier Minuten gedauert. Kein Mensch ist unterdessen in die Bank gekommen. Die junge Frau drückt ihrem bärtigen Begleiter den Geldsack in die Arme und stößt ihn vor sich her zur Tür. Der im Anzug folgt dichtauf. Draußen steht mit laufendem Motor ein weißer Opel Kadett.

Die drei Bankräuber steigen ein. Der im Anzug brüllt: »Du Vollidiot, man kann die Nummernschilder lesen!« Dann heult der 1200-Kubik-Motor auf und das Auto verschwindet in Richtung München. Aber das sieht gar niemand.

Der kleine Platz vor der Kreissparkasse ist leer. Der oberbayrische Sommernachmittag liegt schwer und gemütlich über dem Marktflecken. Aus der Bank kommt auch kein Laut. Irgendwann fährt dann doch die Polizei mit zwei grünen VW-Käfern vor, da scheint aber schon eine halbe Ewigkeit seit dem Überfall vergangen zu sein.

Unterdessen jagt der weiße Kadett auf schnurgeraden Straßen durch einen ausgedehnten Wald. Das Sommerlicht wird durch hohe Fichtenstämme gerastert. Es müsste wunderschön sein, in diesem warmen Braun und Grün spazieren zu gehen, die vielfältigen Wunder des Waldbodens zu entdecken, den geheimnisvollen Geräuschen zu lauschen.

Das Auto fährt schnell. Keiner der Insassen redet. Die junge Frau streichelt dem Leichenblassen beruhigend übers Haar und küsst ihn kurz. Sie trägt keine Brille mehr, er hat das klobige Horngestell durch ein Modell ersetzt, wie es John Lennon trägt. Der Brüllaffe haut mit seiner gewaltigen linken Faust wieder in seine rechte Hand. Der Fahrer, der auffällig lange Haare hat, zieht nervös an einer Zigarette, drückt sie aus, holt eine neue aus dem Paket neben der Gangschaltung und bricht schließlich das Schweigen: »Die Nummernschilder hab ich geklaut, wenn die wirklich jemand gesehen hat und die Nummer den Bullen mitteilt, dann wird das denen nicht viel nützen.« Dann drückt er eine Musikkassette in den Schlitz über dem Autoradio und dreht auf. Natürlich die Rolling Stones: »Gimme Shelter«.

Wir schreiben das Jahr 1974. Die Banken sind noch keine schusssicheren Glasfestungen. Das Personal ist nicht geschult, wie es sich bei Überfällen verhalten soll. Die aus der Sommerruhe gerissene Provinzpolizei hält überhaupt nichts von Eile, von Straßensperren oder von großflächigen Suchaktionen.

Und überhaupt, was ist schon ein Banküberfall gegen die Eröffnung einer Bank?

★ I ★

Michael Ziegler sitzt auf der Toilette und blättert in einem schmalen Taschenbuch. Es ist ein Pamphlet gegen die Diktatur des Finanzkapitalismus, gegen die Unterdrückung von Minderheiten, gegen die ökologische Zerstörung unseres Planeten. »Neues schaffen heißt Widerstand leisten! Widerstand leisten heißt Neues schaffen!« liest er, schöne Worte, aber er kann mit dieser Parole nichts anfangen. Die ist ihm zu einfach, zu nebulös. Dieser Slogan wird wohl ein paar Jahre später wieder in der Werbung auftauchen.

Eine Ladung Darmwind verlässt Zieglers Körper. Er vermutet schon lange, dass er an einem krankhaften Blähbauch leidet. Meteorismus. Schön, dass es Worte gibt, die einen das Üble und Böse nicht gleich so eindeutig verstehen lassen. Die Aussagen dieses Taschenbuchs sind im Übrigen nichts Neues unter der Sonne. Ziegler ist auch enttäuscht vom Inhalt. Das sind doch Sachen, die er schon vor vierzig Jahren postuliert hat. Aber es ist schön, dass dies heutzutage noch gesagt wird und auch Anklang findet.

»Empört Euch!« Okay, denkt Ziegler, das habe ich hinter mir. Er muss noch einmal furzen und legt die Broschur zur Seite. Dann starrt er auf das blutverschmierte Klopapier in seiner Hand. Er weiß, was die Ursache ist, es macht ihm trotzdem Angst. Aber er wird deswegen keinesfalls zum Arzt gehen, denn der könnte bei der Gelegenheit bei ihm noch allerlei anderes Unheil als diese chronischen Hämorrhoiden aufspüren. Etwa den merkwürdigen Knoten im Oberarm, den er immer spürt, wenn er nach ein paar gelungenen Liegestützen seinen spärlichen Bizeps misst. Das kann nichts Gutes bedeuten, diese Geschwulst. Muskelkrebs, gibt es das?

Ziegler ist kein Hypochonder, weil er gar nicht wissen will, wie krank er ist. Er hat sich damit abgefunden, dass er alt wird. Bald ist er sechzig. Der Körper geht seinen Weg und der Weg führt nach unten. Diese Erkenntnis reicht vorderhand. Dennoch geht das Leben weiter. Ziegler schnäuzt in eine neue Lage Papier. Auch diesmal Blut. Das heißt, einfach weniger in der Nase bohren. Er beendet die Geschäftssitzung und geht in die Küche. Dabei fasst ihn plötzlich eine Lust an, dass er lebt. Immer noch! Er tänzelt etwas allzu keck. Er boxt in die Luft. Alter Blödmann!

Es klingelt an der Haustür. Das wird Eva sein, mit ihrer Tochter Letitia. Aber so darf man die Siebzehnjährige nicht nennen. Sie heißt Letty. Ziegler wird mit Eva ein paar Tage nach Paris fahren, um ihre taufrische Beziehung auf die Probe zu stellen. Ihre Tochter soll in dieser Zeit in seiner Wohnung die Pflanzen gießen und die Post aus dem Briefkasten holen. Das hat Eva, praktisch und vif, wie sie ist, vorgeschlagen, und Ziegler hat, vorübergehend liebesblind und ohne zu überlegen, dazu genickt.

Er schaut schnell in den Spiegel, als er zur Tür geht. Ganz okay für sein Alter, er muss einfach den Blähbauch etwas einziehen und versuchen, sich geradezuhalten. Die neue Brille gibt seinem arg gelichteten Quadratschädel ein leicht intellektuelles, wenn nicht gar weltmännisches Flair.

Die beiden haben sich gestritten, denkt Ziegler, als er Mutter und Tochter eintreten lässt. Eva hat ganz rote Backen und atmet schwer. Das ist nicht wegen der Treppe in den ersten Stock oder wegen des etwas ansteigenden Wegs zum Haus am Waldrand, in dem Ziegler wohnt. Evas sonst so sorgfältig gelegtes graues Haar ist verwuschelt, ein Büschel steht kühn ab. Letitia versteckt sich hinter ihren langen braunen Haaren und erwidert Zieglers Gruß nicht.

»Hallo du!« Evas Lippen streifen kurz die seinen. Er nimmt die bedeutend kleinere Frau in die Arme, drückt einen Kuss auf das abstehende Haarbüschel und blickt über ihren Kopf hinweg. Er sieht noch, wie Letty die Haare hinter ihre Ohren zurückstreicht, die Augen verdreht und den Mund verzieht. Nein, die Tochter seiner neuen Freundin ist nicht auf seiner Seite. Die mag ihn ganz und gar nicht.

Evas Atem geht jetzt regelmäßiger. Sie riecht nach Honig. Ziegler möchte noch ein bisschen so stehen bleiben, zumindest bis sie sich endgültig beruhigt hat. Aber die Luft brennt immer noch von Evas Ärger. Elektrisch geladen. Summend.

»Was ist denn jetzt, was soll ich genau machen?«, quengelt ihre Tochter und stellt sich direkt neben ihre Mutter, so als ob sie diese vor etwas beschützen müsste.

»Also die großen Pflanzen in der Stube brauchen nicht so viel Wasser, aber die Setzlinge vor dem Panoramafenster, die müssten alle zwei Tage gegossen werden. So, dass das Wasser nicht über die Untersetzer schwappt. Und dann bitte immer auch den Briefkasten leeren. Ist das okay, kannst du das machen?«

»Ich bin ja nicht behindert«, schnappt Letty und macht ihren Haarvorhang wieder zu. Sie nimmt die zwei Schlüssel, die ihr hingehalten werden. Ihre Mutter schüttelt dazu den Kopf und klammert sich an Zieglers Oberarm.

Nachdem die beiden gegangen sind, dauert es keine halbe Stunde und Eva ruft an. Letty habe beschlossen, ihn, Ziegler, nicht zu mögen, sie finde es peinlich.

»Wer oder was ist peinlich?«

»Na wir beide, unsere Liaison!«

Bei diesem Wort muss Ziegler unwillkürlich grinsen: »Unsere Liaison? Wieso denn das?«

»Einfach so! Sie findet mich peinlich, dass ich mich in meinem Alter noch so benehme, du weißt schon, so, ja. Aber Letty weiß vor allem nicht, was sie von dir halten soll. Sie findet dich, wie soll ich sagen, komisch, weil du so bist, wie du bist. Dass du zum Beispiel keinen festen Job hast.

Versteh mich bitte nicht falsch, du weißt ja, wie materiell die Jugend heute denkt. Letty stört, dass ich ihr nicht einfach sagen kann, dass du Herr Professor, Direktor oder was weiß ich bist. Dass du da und dort arbeitest und soundso viel im Monat verdienst. Nicht, dass das ein Problem ist, nicht dass ich das jetzt irgendwie ernst nehme, versteh mich nicht falsch, du...« Eva verstummt mit einem merkwürdigen Laut.

Ziegler lacht leise. »Sag ihr doch, ich sei Künstler.«

»Michael, damit kannst du reifere Damen wie mich becircen, aber nicht meine siebzehnjährige Tochter.«

»Dann sag ihr halt, dass ich in den 1980er Jahren ein berühmter Pop-Produzent war und immer noch von den Tantiemen zehre.«

»Stimmt das denn wirklich?«

»Na ja, mehr oder weniger. Komm schon, Lettys Abneigung wird sich mit der Zeit legen. Sie kennt mich ja gar nicht. Morgen fahren wir erst mal nach Paris. Denk nur, die Stadt des Lichts und der Liebe.«

Eva seufzt. Ziegler seufzt zurück. Vor ein paar Wochen hat er einen Anfall von Einsamkeit gehabt. Seine Bücher und seine Schallplatten konnten ihn fast nicht mehr trösten. Auf einmal hat ihm das Alleinsein schwer aufs Herz und die Seele gedrückt. Schlaflos so ganz allein auf dem großen Futon. Eine hundsmäßige Verlassenheit ist über ihn gekommen. Also hat er auf Evas Kontaktanzeige in einer Wochenzeitung reagiert. Sie sei »relativ schön« stand da, das gefiel Ziegler. Er schrieb zurück, er sei eigentlich auch ziemlich relativ.

Sie trafen sich in der unverfänglichen Atmosphäre eines scheußlich eingerichteten Cafés im Stadtzentrum. Ziegler fand gleich heraus, dass Eva begierig war auf Kultur, Kunst und Reisen. Diese Interessen konnte er perfekt bedienen. Also ließ er seinen ganzen Charme spielen. Die Anstrengungen lohnten sich unmittelbar. In Evas Augen konnte er lesen, dass ihr die Aussicht gefiel, mit einem gebildeten

Herrn seines Alters die Welt oder zumindest die nähere Umgebung unsicher zu machen.

Am Ende des Rendezvous hat er tunlichst vermieden, sie zu berühren oder ihre Hand zu nehmen. Das hat Eva dann gemacht, beim Abschied. Sie hat zweimal die Luft neben seinen Wangen geküsst und dann, wie zufällig, doch noch seine Backe. Ein klares Zeichen. Ein Triumphgefühl ist da in Ziegler aufgestiegen.

Eva Schaub ist Lehrerin am Humanistischen Gymnasium. Aktiv bis in die Fingerspitzen. Sie ist kompakt und resolut, sie bevorzugt klare Ansagen und Entscheidungen. Zack bumm! Ziegler macht das ein bisschen Angst. Nein, Ungemach, ja, Nervosität befällt ihn. Aber Eva passt in sein Beuteschema.

Sie seufzt noch einmal ins Telefon: »Ich hoffe, du hast recht wegen Letty. Wir sehen uns morgen auf dem Bahnhof. Ich war ja schon zwanzig Jahre nicht mehr in Paris. So eine schöne Stadt. Ach, ich liebe diese großen Kaufhäuser. Und die Boulevards. Ich freue mich sehr!«

Ziegler erwidert ein bisschen stockend: »Ich mich auch. Also freuen, meine ich. Das wird schön.« Eigentlich hätte er gerne noch etwas Emotionaleres angehängt, zumindest ein: »Ich hab dich gern«, aber da ist die Verbindung schon unterbrochen.

Ziegler atmet tief durch. Diese kleine Kröte von Tochter hat ganz offensichtlich ein gewisses Sensorium. Zieglers Absichten sind nicht nur emotional gesteuert. Sein Konto leert sich in atemberaubendem Tempo, das kleine Erbe seiner kurz nacheinander verstorbenen Eltern ist für diese Wohnung am Waldrand draufgegangen. Eva ist sicher nicht reich, aber doch vermögend. Lehrerinnen am Gymnasium verdienen gutes Geld. Auch wenn die Hälfte wahrscheinlich für dieses verwöhnte Gör draufgeht. Eva kommt außerdem aus einer wohlsituierten Familie. Das weiß jeder hier in Basel. Sie könnte durchaus für ein bisschen Sicherheit stehen, für Zieglers würdiges Altern. Allerdings, noch ist genug in seiner Kriegskasse, um mit ihr nach Paris zu fahren.

Er schaut noch einmal in den Spiegel im Flur. Alles bestens, wenn er sich nur gerade hält.

Am nächsten Morgen lässt er noch einmal den Blick in seiner Bleibe schweifen. Hat er alles für die Reise: Ausweis, Geld, Fahrkarte? Was noch? Wo ist sein Handy? Ach ja, der Fotoapparat. Fünf Bücher für fünf Tage sind vielleicht etwas viel, da er doch in Gesellschaft ist. Gerade mal drei Stunden werden sie im Zug von Basel nach Paris sitzen. Was braucht er denn noch? Hat er seine Bankkarte eingepackt? Plötzlich überkommt ihn doch noch ein ungutes Gefühl. Dass Letty, dieser miesepetrige Teenager, ungehinderten Zugang zu seiner Wohnung hat, verursacht ihm jähes Unbehagen.

Liegt hier in seiner Klause irgendetwas herum, was dem feinen Töchterlein einen Schock versetzen könnte, wenn es die Pflanzen hegt? Trostlose Kontoauszüge? Zeugnisse aus seiner Vergangenheit? Sonst Verdächtiges? Viagra? Nein, alles gut versteckt oder eingepackt. Ziegler schaut in die Küche. Auch schön aufgeräumt. Er schaut auf die Uhr. Wann fährt eigentlich der TGV nach Paris? Soll er mit dem Fahrrad zum Bahnhof fahren oder doch lieber mit der Trambahn? Außerdem drücken ihn diese flotten schwarzen Halbschuhe sehr an der Ferse, da zieht er besser die neuen Turnschuhe an.

Die schmale Broschüre *Empört Euch!* von Stéphane Hessel hat er erst der Papiersammlung anheimgeben wollen, jetzt legt er sie auf den Küchentisch, wo Letty das Büchlein auf jeden Fall sehen kann. Den Post-it mit »Für Letty« reißt er aber besser gleich wieder ab.

Er steht schon im Treppenhaus und zögert dann, die Wohnungstür hinter sich zuzuziehen. Es scheint ihm, dass aus der Bibliothek feine Stimmchen klingen, die kaum vernehmlich rufen: »Bleib hier, Meister, bleib hier, lass uns nicht allein!«

»Unsinn!«, denkt Ziegler, »das gibt es doch nicht!« Er poltert die Treppe hinunter.

Mit hochrotem Kopf prustet er auf den Bahnsteig. Der TGV steht noch da. Da sieht er Eva. Sie winkt, als ob ihre Hände brennen würden, und redet auf den Schaffner ein. Nichts wie rein in den Zug!

»Fahrradkette«, japst Ziegler. »Rausgesprungen, nicht mehr reingekriegt das Ding, ums Verrecken nicht, und keine Taxinummer im Handy.«

»Ist ja alles noch mal gutgegangen«, meint Eva und streichelt seine Hand. Aber Ziegler spürt, dass sie immer noch auf mindestens tausend Touren läuft. Ihre braunen Augen blitzen noch nach, wie bei einem sich langsam entfernenden Gewitter, und da ist auch dieses widerspenstige Haarbüschel wieder, das hochsteht, als ob es elektrisch geladen wäre.

Ziegler bemüht sich, während der Fahrt die Stimmung zu heben. Er beginnt mit Unverfänglichem. Wie er sich freue. Wie schön Paris sei. Die Hauptstadt der Welt. Was es dort nicht alles zu sehen gebe. Dann fragt er nach Letty, ob sie immer noch kratzbürstig sei. Es interessiert ihn eigentlich nicht, aber jetzt kann Eva sich ein bisschen ausjammern. Langsam beruhigt sie sich. Ziegler hält ihre Hand ganz fest und lehnt sich zurück, soweit das im engen Sitz des Hochgeschwindigkeitszugs überhaupt möglich ist.

Dann übernimmt er wieder das Wort, erzählt vom 18. Arrondissement, wo sie wohnen werden. Montmartre, aber eben nicht dort, wo sich die Touristenmassen herumschieben, sondern knapp daneben. Eine geschichtsträchtige Gegend in jeder Beziehung. Ein Zentrum der Kommune von 1871. Die Barrikaden des republikanischen Paris, der aufständischen Werktätigen gegen die feige Zentralregierung, die vor den einmarschierenden Preußen kuschte und stattdessen die Revolutionäre zusammenkartätschte. Die Menschen von Paris, die für die Freiheit ihr Leben geben wollten, die heldenhafte Louise Michel, la Petroleuse, die Kanonen von Montmartre.

Ziegler beendet seinen Wortschwall, als er Evas verständnislosen Blick bemerkt. Ja, hat sie denn keine Ahnung von all dem? Paris, die Hauptstadt der Revolte, des Aufstandes. Die Revolution, die Hoffnung der Geknechteten, der Sturz der Herrschenden. Geschichten, bei denen es Ziegler immer warm ums Herz wird. Weil das nicht aus der Welt verschwinden wird. Nicht die Hoffnung, auch nicht die Gewalt und die Niederlage. Er glaubt nicht an den letzten Kampf, sondern an eine endlose Folge von Kämpfen und Revolten, immer neu und immer gleich, denn die Ungerechtigkeit und die Anmaßung verschwinden nicht von selbst aus der Welt, die Sklaverei droht stets, und man muss sich schlussendlich einfach wehren, mit allen Mitteln. Das hat er jedenfalls lange geglaubt, aber auch das ist jetzt kein Thema, um es mit Eva zu besprechen.

»Das kannst du mir alles vor Ort ganz genau erklären, Lieber«, summt sie und lehnt ihren Kopf an seine Schulter. Ziegler hält seinen Mund und ihre Hand, während draußen eine grün-braune Landschaft vorbeihuscht. Dabei durchfährt ihn ein Schauer bei der Vorstellung, dass er mit Eva in den Galeries Lafayette oder anderen gewaltigen Warenhäusern herumirrt, umgeben vom gnadenlosen Gleißen des Käuflichen.

Zur endgültigen Wiedergutmachung ordert Ziegler am Gare de Lyon ein Taxi, damit sie bequem zu ihrem Hotel kommen. Auf Wunsch von Eva hat er ein richtiges Appartement gemietet, aus Platzgründen und auch, damit man zwischendurch ein Süppchen oder einen Tee kochen kann.

Das Auto, dessen Kofferraum nur knapp Evas voluminöses Gepäck aufnehmen kann, quält sich durch den Verkehr um die großen Plätze herum. Der Engel der Freiheit grüßt glänzend von der Säule an der Place de la Bastille. Vielleicht lacht er sie auch aus, wie sie da beide im Taxi sitzen und plötzlich nicht mehr so genau wissen, was der eine vom anderen zu halten hat. Dann geht es wieder voran. Dann bleibt man wieder stehen. Nach einer endlosen Fahrt quer durch die Stadt hält das Taxi genau vor dem Eingang zum Cimetière de Montmartre. Ziegler wundert sich. Eva sieht ihn an und deutet stumm auf die Grabsteine und Monumente, die knochengrau und beinweiß durch das offene Tor scheinen. Sie ist ein bisschen blass um die Nase. Ziegler hätte vorher nachschauen sollen, wo dieses Apart'Hotel Citadines genau liegt.

Der Taxifahrer grinst breit in den Rückspiegel, als könne er sich über Missstimmungen zwischen seinen Fahrgästen glänzend amüsieren. »Apart'Hotel Citadines Montmartre, c'est justement ici!«

Ihre Bleibe liegt tatsächlich genau neben dem Friedhof. Ziegler gibt gleich zum Besten, dass hier Heinrich Heine begraben liegt. Und Henri Beyle alias Stendhal, sowie auch Théophile Gautier, alles große Künstler, und das in unmittelbarer Nachbarschaft. Ziegler tut aufgekratzt und fröhlich, aber Evas Stimmung kommt schwerlich aus dem Keller heraus, auch wenn das Zweierstudio im Hotel geräumig und hell ist und es einen hübschen Innenhof gibt, von dem aus man rein gar nichts vom Friedhof sehen kann. Wortlos beginnt Eva, ihren Koffer auszupacken. Ziegler sitzt programmatisch auf dem Bett, aber nichts passiert.

Er spürt, wie Ärger in ihm aufzieht. Was soll dieses Verstummen, dieses Gezicke wegen des Friedhofs? Die Toten sind tot, die werden sich nicht rühren und als Geister um Eva herumschwirren und sie erschrecken. Wobei Ziegler sich gleich selbst verbessert: Selbstverständlich sind die Toten einerseits mausetot, aber andererseits bleiben sie durch ihre Taten und Werke am Leben. Heinrich Heine und Stendhal sind bedeutend lebendiger als so mancher von den Schriftstellern, die sich jetzt gerade in ihrem Metier versuchen. Und sowieso sind sie lebendiger als alle diese Konsumleichen, die auf der Suche nach dem ultimativen Schnäppchen über die Boulevards schleichen.

Ziegler wartet darauf, dass Eva etwas sagt oder tut. Doch sie gibt nur einen unterdrückten Laut von sich, als ihr im Bad das Necessaire zu Boden fällt.

★

Letitia Schaub stellt ihr Fahrrad an den Gartenzaun und kramt die zwei Schlüssel hervor, die ihr gegeben worden sind. Zuerst der Briefkasten. Der untere ist beschriftet mit F. & M. Zanoni, Musikpädagogen. Letty meint, sich erinnern zu können, dass sie vor Jahren an der Musikschule, als sie ohne viel Erfolg Blockflöte lernte, eine Frau Zanoni als Lehrerin hatte. Der obere Briefkasten gehört Michael Ziegler. Da liegen Briefe von wohltätigen Organisationen, dazu ein anonymes Couvert, vielleicht ein Bankauszug, zwei Ausgaben einer Tageszeitung aus Zürich und ein paar Werbeprospekte, die alles Mögliche dieser Welt zu besonders günstigen Preisen versprechen.

Letty nimmt die Post ins Haus und geht hoch in Zieglers Wohnung. Strohblumenarrangements an den Wänden des Treppenhauses schützen Harmlosigkeit vor. Neben der Tür zu Zieglers Wohnung klebt ordentlich mit Tesa fixiert ein schon etwas vergilbtes Plakat. »Was ist heute noch links? Thesen für eine Politik der Zukunft«, liest Letty da. Die Affiche weist auf einen Kongress aus dem Jahre 1998 in einem Ort namens Tauberbischofsheim hin.

Sie schüttelt den Kopf. Als sie das letzte Mal mit ihrer Mutter hier war, hat diese angesichts des Plakats kurz aufgeseufzt. Letty weiß nicht so ganz genau, was »links« bedeutet. Die Stadt Basel wird von einer links-grünen Mehrheit regiert. Ihr Vater sagt immer, dass das ein Unglück sei, dass damit alles den Bach hinunterginge, die Moral, die Eigeninitiative, die Sicherheit der Bürger. Aber dem alten

Idioten glaubt Letty kein Wort mehr. Erst sie und ihre Mutter verlassen und dann eine große Klappe haben wegen Moral und so, der Herr Oberrichter.

Wahrscheinlich ist Ziegler einer von diesen Linken, aber ihr kommt dieser Typ eher link vor. Sie öffnet die Wohnungstür und ein Schwall warmer, erdiger Luft fliegt ihr entgegen. Sie wirft die Post auf das Telefontischchen im Korridor. Dieser Ziegler passt ihr einfach nicht. Letty überlegt, was ihr an ihm so missfällt. Sie kann es nicht sagen, es ist einfach ein Gefühl. Ihre Mutter muss doch auch merken, dass dieser Ziegler ein Loser ist. Sie bemerkt, dass sie ganz leise auftritt, als würde sie in die Wohnung einbrechen. Dabei ist das Haus völlig leer. Deswegen muss Letty ja auch die Pflanzen wässern. Die Zanonis sind angeblich fortwährend auf musikalischer Bildungsreise. Hat jedenfalls dieser Ziegler behauptet. Vielleicht liegen sie aber auch tot im Keller. Letty bekommt eine Gänsehaut.

Vorsichtig schaut sie sich im großen Wohnzimmer um. Da ist alles voll mit Büchern. Viel zu viele Schmöker sind das. Dicke und dünne. Letty schüttelt den Kopf. Was macht dieser Ziegler mit all den Papiermonstern? Sie zieht wahllos ein Buch heraus. Ein Typ schaut sie an von einem violetten Umschlag, er sieht ein bisschen aus wie Elvis Presley oder sonst so ein früherer Star. Aber den Namen hat sie noch nie gehört. Isidore Isou. Und das Buch heißt *Précisions sur ma poésie et moi*. Letty schüttelt es ein bisschen. Französisch. Ihr Hassschulfach! Wenn sie so etwas nur schon liest. Totes Papier, oder? Schnell steckt sie das Buch zurück ins Gestell.

Dann sind da auch ganz alte Schwarten. Fast eine halbe Wand voll brüchiger Rücken, viel Ocker und Grau mit verwaschenen Goldbuchstaben. Und daneben die Ständer mit den CDs. Wahnsinn. Sogar noch jede Menge Langspielplatten in einem Gestell unter der Sitzbank an der Fensterfront. Dort stehen auch die Pflanzen in großen Tontöpfen. Letty kennt sie nicht, doch, das fleischiggrüne Gewächs da könnte eine Yucca sein wie bei ihrer Freundin Ada. Und da sind auch die Setzlinge in kleinen Plastiktöpfen vor dem großen Fenster, dort, wo am meisten Licht hinkommt. Diese Dinger, die sie besonders gut gießen soll.

Durch die Glasscheiben sieht Letty weit über die Stadt, sie erblickt den Rhein, der blitzend die Richtung wechselt und nach rechts abschwenkt. Das Hochhaus am Messeplatz ragt tapfer in den Dunst. Wer eine Wohnung in dieser Lage hat, muss doch ein bisschen Kohle besitzen, denkt sie fast beruhigt. Aber trotzdem möchte sie nicht, dass ihre Mutter und dieser Ziegler ein Paar werden. Eva ist immer so vertrauensselig. Sie kann doch nicht mit jedem dahergelaufenen Typen etwas anfangen, nur weil sie das Gefühl hat, dass ihre Uhr tickt, dass sie sonst lebenslang solo bleibt, wenn sie nicht sofort zuschlägt.

Letty hat keine Probleme damit, dass sie alleine mit ihrer Mutter lebt. Wenn sie an die ewigen Streitereien mit ihrem Vater zurückdenkt, damals, bevor er abgehauen ist, der feige Drecksack. Männer!

Letty schüttelt ihre Haare. Warum meldet sich Jérémy bloß nicht? Sie hat doch nicht ewig Zeit. Sie muss gleich noch lernen, die nächste Woche ist die Hölle, fast jeden Tag eine schriftliche Prüfung. Letty geht in die dritte Klasse des Gymnasiums. Ob sie das noch aushalten wird bis zum Abitur, über zwei Jahre? Manchmal zweifelt sie daran. Jérémy ist clever, der hat das alles schon hinter sich. Der kann ihr helfen. Aber warum ruft der Trottel nicht an? Wofür will er denn ihr Freund sein, wenn er sich nicht meldet, wo sie ihn jetzt gerade braucht?

Na endlich, Lettys Handy scheppert. Aber es ist ihre Mutter.

»Hey Mam, was geht ab in Paris? Schon zwei Tage dort. Ich bin übrigens eine brave Tochter und hüte die Wohnung deines, äh, dieses, also …«

Ihre Mutter gibt einen merkwürdigen Laut von sich.

»Mam?«

»Ach Letty, Paris ist eine so schöne Stadt. Stell dir vor, wir wohnen gleich beim Montmartre. Das Hotel liegt gleich neben dem Friedhof mit dem Grab von Heinrich Heine.«

»Mam, wie geht es dir? Ich versteh dich nicht so gut. Heinrich wer? Und was ist los mit dem Grab? Ist etwas passiert?«

»Ach Letty, wir schauen uns so viele schöne Sachen an. Paris ist riesig!«

Letty kennt ihre Mutter gut. Zu gut.

»Mam, wenn irgendwas nicht in Ordnung ist, kannst du zurückkommen nach Basel, sofort! Das weißt du, oder?«

»Ach mein Mäuschen, sicher, ja! Aber es ist doch alles bestens, Michael ist so ein interessanter Mensch. Der weiß so viel...«

Da stimmt etwas nicht. Ihre Mama klingt nicht gut. Sie hat sich so auf Paris gefreut. Sie hat ihr doch erzählt, wie sie dann shoppen gehen will in diesen unendlichen, gewaltigen Warenhäusern. Letty schaut auf die Bücherwand von diesem Typen und hat Lust, dort ein Feuer zu legen.

»Mam, lass dich nicht verrückt machen. Genieße Paris...« Die brave Tochter unterdrückt den Rest des Satzes: »...und lass dir nichts gefallen von diesem Loser.«

Küsschen! Küsschen! Bis bald!

Letitia Schaub schüttelt den Kopf, plötzlich erschrickt sie ein bisschen. Ihre Mutter, ganz allein mit diesem Typen in einer fremden Stadt. Sie entscheidet sich, die Pflanzen nicht zu gießen, als Strafe für diesen Ziegler und was er ihrer Mutter möglicherweise alles antut. Aber dann tun ihr die Setzlinge leid. Können ja nichts dafür, die kleinen grünen Kerle. Sie seufzt und wässert das Grün etwas reichlich. »Na gut«, denkt sie, »ist ja bloß Wasser, das wird dann schon wieder verdunsten. Überhaupt, Pflanzen gießen, das ist ja wie bei einer alten Oma.« Aus der Beziehung ihrer Mutter mit diesem Ziegler darf auf keinen Fall etwas werden. Letty schaut aus dem Fenster und denkt nach. Möglicherweise findet sie hier in der Wohnung irgendwas, das diesen Kerl unmöglich macht. Oder belastet. Schulden oder so. Irgendetwas sexuell Abartiges. Leichen im Keller. Sie weiß es auch nicht genau. Jérémy könnte ihr dabei helfen. Der kennt sich besser aus. Wenn dieser Ziegler Dreck am Stecken hat, dann kann man das ja vielleicht hier in dieser Wohnung herausfinden. Dann hat sie etwas in der Hand, um ihre Mutter und diesen Kerl auseinanderzubringen. Jérémy muss her. Wieso ruft er denn nicht an? Sie wird ihren Freund morgen hierher mitschleppen.

Eva Schaub steckt unterdessen seufzend ihr Handy ein. Sie hat noch länger auf die verlöschende Leuchtanzeige gestarrt. Ihre Tochter hat wohl recht. Genießen, was es zu genießen gibt. Was denn sonst? Aber das sagt die Jugend so einfach. Eva überlegt. Vielleicht ist sie zu fordernd gegenüber Michael. Gestern hat sie ihn in die Galeries Lafayette geschleppt. Das war ein Erlebnis. Michael hat so schräg inmitten der unzähligen Kosmetikstände im Parterre gestanden, dass sie Angst hatte, er würde demnächst umkippen. Trotzdem hat sie extra ein bisschen länger im Warenangebot gewühlt. Schon lange hat sie keinen so unglücklichen Gesichtsausdruck mehr gesehen wie den ihres neuen Freunds. Dass sie beim Kauf eines Kajalstifts und eines Kosmetikpinsels dann allerdings den Pincode für ihre Kreditkarte dreimal falsch eingetippt hat, war keine Absicht, sondern blanke Schussligkeit. Aber Michael hat es offensichtlich persönlich genommen. Sehr einsilbig ist er dann draußen auf dem Boulevard neben ihr gegangen, immer noch schräg, immer auf der Hut, ob ihm nicht noch ein Kaufhausabenteuer drohen würde.

Eva seufzt noch einmal. Vielleicht sollte sie sich einfach auf das Arrangement »Paris mit konsumfeindlichem Ziegler« einlassen. Sie kann ja auch alleine herumlaufen. Nein, das ist nicht der Sinn der Sache. Alleine war sie lange genug. Sie will ja gerade mit jemandem zusammen etwas unternehmen, Dinge anschauen. Michael wird gleich wiederkommen. Er wollte nur schnell eine Schweizer Zeitung holen.

Dann will er zum Friedhof Père Lachaise fahren und dort die Gräber seiner Helden von dieser Pariser Kommune oder sonst einem Volksaufstand aufsuchen. Eva wird auf jeden Fall mit ihm gehen. Da muss sie wohl durch. Und auch hin zum Grab von Heinrich Heine, ganz in der Nachbarschaft.

★

Nicht alle Tageszeitungen vom Samstag, dem 29. Juni 1974, melden auf der Seite Unfälle und Verbrechen einen ebenso ruchlosen wie perfekt organisierten Banküberfall im oberbayrischen Marktflecken Glonn. Mit beispielloser Frechheit seien die Verbrecher in den Schalterraum der dortigen Filiale der Kreissparkasse spaziert und hätten mit mehreren Schusswaffen lebensgefährlich gedroht. Bei einem Schuss sei eine Bankkundin verletzt worden. Man könne bei einer derartigen Brutalität davon ausgehen, dass die Räuber Profis waren. Der Raub sei in kürzester Zeit vor sich gegangen. Hinweise, dass es sich um anarchistische Gewalttäter mit Kontakten zur Roten Armee Fraktion handle, hätten sich bis anhin nicht ergeben. Die Beute des Überfalls betrage 50 000 Deutsche Mark.

Über eventuelle Fahndungserfolge der Polizei liest man dann in den folgenden Tagen nichts mehr. Die Täter werden nicht gefasst, der Fall kommt zu den Akten. Es gibt in jener Zeit viele Banküberfälle, nicht alle sind politisch motiviert. Der von Glonn aber schon.

Der Fahrer des Fluchtwagens, der so auffällig lange Haare trägt und ziemlich viel raucht, heißt Harald Rademacher. Er studiert an der Technischen Universität und kennt sich gut mit Autos und anderen mechanischen Wunderwerken aus. Er hat sozusagen Benzin im Blut, stammt er doch aus einer Münchner Automechanikerfamilie. Der Sohn soll es einst besser haben als der Vater, der in Freimann draußen mühselig eine Werkstatt am Laufen hält. Doch Rademacher besucht die Lehrveranstaltungen der TU nur unregelmäßig, er kann einfach nicht stillsitzen. Wenn er nicht über Land fährt, treibt er sich auf Demonstrationen gegen den Vietnamkrieg herum, er stromert durch das Schwabinger Nachtleben und hört sich in der Diskothek P1 grauenvolle holländische Hardrock-Bands an. Irgendwann ist er in einer Dreizimmerwohnung in der Ohmstraße gelandet, die als Wohngemeinschaft oder besser als Kommune dient.

Dort wohnt schon seit längerem der ebenso lautstarke wie kräftige junge Mann namens Schott, dem beim Banküberfall der Schuss abgegangen ist. Vor geraumer Zeit ist er ganz zufällig vor dem P1 in eine Schlägerei mit den Roadies einer holländischen Hardrock-Band geraten. Als einer der Tulpensöhne schreiend am Boden lag und seinem Kumpel plötzlich eine gefährlich blitzende Messerklinge aus der Faust ragte, ist er davongelaufen. Mit ihm hat auch ein langhaariger, blutverschmierter junger Mann die Flucht ergriffen. Das war Rademacher. Die beiden sind an die Ohmstraße retiriert. Watte oder Verbandszeug für Rademachers stark blutende Nase haben die zwei Kämpfer nicht gefunden, aber im Kühlschrank stand noch eine Flasche bulgarischer Rotwein, die sie sich brüderlich geteilt haben. Rademachers Retter nennt sich nur Schott. Es kennen nur ganz wenige Menschen seinen Vornamen. Ab und zu treibt er sich an der philosophischen Fakultät der Ludwig-Maximilian-Universität herum, viel mehr Zeit verbringt er an der Kunstakademie. Schott ist zu groß für diese Welt und seine Hände haben die Ausmaße von Verschalungsbrettern. Er gibt sich gerne an eine Sache hin, ob das nun die Revolution oder die Kunst ist. Seine Eltern sind vermögend und wohnen weit weg in Norddeutschland. Sie unterstützen ihren Sohn aufs Vorteilhafteste.

Außer ihm lebt noch ein Pärchen in der Kommune, pardon, in der Wohngemeinschaft. Denn mit der Besitzlosigkeit und der freien Liebe hat der männliche Part dieser Zweierkiste so seine liebe Mühe.

Die junge Frau ist da nicht so festgelegt. Sie ist auf den Namen Gertrud getauft worden, nennt sich aber Gerda, Gerda Wagner. Sie ist manchmal schön wie der Mond. Aber oft zieht ein Schatten über sie. Dann wird sie wild und wütend. Sie ist in einem Bauerndorf in der Schotterebene südlich von München aufgewachsen, allerdings nicht als Bauerntochter, sondern als Kind von Flüchtlingen aus dem Sudetenland. Die Auseinandersetzungen mit den bayrischen Bauerndeppen in ihrer Kindheit haben sie kräftig und robust gemacht. Sie steht gerade in der Welt, ganz im Gegensatz zu ihrem Freund, der sich eher schief hält und oft von einer ungesunden Blässe befallen scheint.

Er heißt Michael Ziegler, stammt aus der Schweiz und ist zwecks Studium an die Münchner Universität gekommen. Dort hat er auch Gerda kennengelernt. Im Kurs »Grundstrukturen der weltpolitischen Entwicklung seit 1945« des Asienspezialisten Gottfried-Karl Kindermann haben sie sich getroffen. Beide haben sich furchtbar aufgeregt über des Professors reaktionäre Einschätzung des Vietnamkriegs und seine Verteidigung der mörderischen US-Politik dort unten. Nach der Vorlesung sind sie einen Kaffee (Ziegler) beziehungsweise ein Weißbier (Gerda) trinken gegangen.

Der jungen Frau hat nicht nur das Engagement, sondern auch das gestelzte Hochdeutsch dieses im Gespräch sehr höflichen und scheuen Schweizers gefallen. Sie hat schon immer so eine Macke gehabt, die Menschen mit Tieren zu vergleichen. Viele waren für sie Schweine, in sich selbst sah sie eine Wölfin, später dann war Rademacher für sie ein Fuchs und Schott ein Bär. Ziegler hält sie für eine ihr eng verwandte Spezies, einen Werwolf, aber in einer sehr gepflegten Version, also eher ein Werwölfchen. Ihm wächst das Gebiss nur, wenn er sich ereifert, wenn er bei politischen Diskussionen seine Zurückhaltung vergisst und endlich Temperament zeigt. Dann kann Gerda mit ein bisschen gutem Willen einen strahlenden Volkstribun, einen Leitwolf sehen.

Michael Ziegler ist nach München gekommen, weil er weg wollte aus der Schweiz der beginnenden Siebzigerjahre, die war ihm wie das Elternhaus zu eng. Es ging immer nur um Geld und Karriere, obwohl es überall auf den Straßen krachte und ein Begriff von Freiheit in der Luft lag. Also arbeitete er ein Jahr auf der Bahnpost in Zürich und ging dann in die bayrische Landeshauptstadt, um dort an der Universität alles zu lernen, was nötig war, um ein erfülltes Leben zu führen. Diese Illusion hielt nicht lange vor. Da waren ganz viele Leute, die dasselbe wollten wie Ziegler, aber ebenso entnervt durch die Vorlesungen und Seminare wanderten, ohne einen Halt oder einen Sinn zu finden. Umso mehr engagiert er sich nun bei den Anarchisten und ist ein wortgewandter Vertreter dieser freiheitlichen Philosophie.

Ziegler hätte nie gedacht, dass sich die schöne Gerda für ihn interessieren würde, aber dann zogen sie zusammen in die Wohngemeinschaft in der Ohmstraße. Gerda vielleicht nur, um aus der versifften Maoistenkommune in der Türkenstraße wegzukommen, in der sie vordem lebte. Ziegler ist ein Romantiker, der bei Gerda immer nur die blaue Blume sah. Sicherlich ist er kein Werwolf. Seine Eckzähne wachsen auch dann nicht aus, wenn er sich über Rademacher aufregt, der die nunmehr proppenvolle Dreizimmerwohnung bloß als Absteige benutzt und jeden Putz- oder Einkaufsplan ignoriert. Nur der gute Schott sorgt dafür, dass im Kühlschrank immer etwas zu beißen und zu schlucken ist.

Die vier Bankräuber sind alle um die 22 Jahre alt. Sie betrachten sich als entschlossene Sozialrebellen und wollen den Umsturz dieser ungerechten Gesellschaftsordnung. Viel haben sie in letzter Zeit diskutiert, untereinander, in der linksradikalen Szene, viel haben sie mit anderen theoretischen Richtungen gestritten.

»Wir wollen eine Gesellschaft ohne Herrschaft und Autorität, ohne Ausbeutung und Entfremdung, aufgebaut auf den Prinzipien von Solidarität statt Egoismus, gegenseitiger Hilfe statt Konkurrenz und freier Vereinbarung statt Befehlsgewalt.« So sagt es Ziegler jedem, der es hören will, und die Parteikadaver kommen gegen solche schönen Wünsche nicht an. Schon gar nicht in den gehässigen Diskussionen.

Aber mit der Verwirklichung der anarchistischen Vorgaben hapert es selbstverständlich sehr. So macht Schott den Vorschlag, einmal etwas in die eigene Hand zu nehmen und aktiv zu werden, statt immer nur zu debattieren und zu demonstrieren. Praxis statt nur immer Theorie, den Staat auf seinem eigenen Territorium herausfordern, indem man zum Beispiel Geld für die Bewegung organisiert, auch und vor allem auf illegale Art und Weise, mit einem Banküberfall. Die anderen drei haben Schott zuerst angeschaut, als ob er übergeschnappt sei. Doch dann hat sich dieser Gedanke auch in ihren Gehirnen verfestigt.

Und jetzt sitzen sie in ihrer Wohngemeinschaft. Rademacher hat Arme Ritter gemacht, das perfekte proletarische Mahl. Zwei, drei Tage altes Weißbrot oder Semmeln in Milch und Ei eingelegt und in Butter gebraten. Danach mit Zimt und Zucker bestreut oder zu Kompott, ein Gericht wie die Revolution, süß und sättigend.

Ziegler ist gerade gar nicht mehr so blass wie während des Banküberfalls. Er läuft vielmehr rot an und prustet den Bissen Arme Ritter wieder aus.

»Was? Genau 38 850 Mark? So viel haben wir uns geholt? Das ist ja der reine Wahnsinn! Was wir mit der Kohle alles machen können ...«

Das Geld, meist kleinere Noten, haben sie in eine unauffällige Reisetasche gepackt. Die bringen sie dann in den Keller von Rademachers Großmutter. Der sagt: »Den benutzt die Oma nimmer, da kommt nie jemand hin, und ich habe den einzigen Schlüssel.«

Schott zuckt mit den Schultern, Gerda nickt. Ziegler ist verärgert, er hat das Gefühl, dass man das Geld nutzen und nicht horten sollte. Außerdem scheint er der Einzige zu sein, der ein bisschen misstrauisch ist gegenüber Rademacher und seiner Oma. Aber das darf er nicht laut sagen, sie sind ja alle Genossen. Sie ziehen alle am selben Strang. Ein Gegner, ein Kampf! Der Mensch ist gut. Punktum. Man muss ihm nur die Gelegenheit dazu geben. Wenn der Mensch nicht gut ist, dann haben das Streben nach Freiheit, der Kampf um Selbstbestimmung und eine bessere Zukunft sowieso keinen Sinn.

Aber Ziegler kommt immer wieder dieser Spruch in den Sinn: »Vertrauen ist gut, Kontrolle ist besser.« Nein, nein, der stammt von Lenin, das ist fast schon Stalin! Das geht nicht. Also fragt Ziegler nur so unschuldig wie möglich: »Was machen wir denn mit den Knarren?«

»Auch einlagern im Keller. Die brauchen wir vielleicht noch.« Rademacher lacht. Er hat die Waffen besorgt. Beziehungen. Die drei andern Revolutionäre wollen gar nicht wissen, welche.

»Was meinst du damit?«, poltert Schott los, »willst du noch einen Banküberfall machen? Mein lieber Mann, da kannst du nicht auf mich zählen. Ich nehme nicht noch mal so ein Schießeisen in die Hand!«

Jetzt schaut auch Gerda sorgenvoll. Sie streicht sich die nicht mehr blonden Haare hinter die Ohren. Ziegler liebt diese Geste. Er liebt Gerda. Er drückt ihre Hand. »Es gibt nicht viel zu überlegen, was wir mit der Kohle machen. Wir müssen das Geld im Dienste der Revolution einsetzen, so schnell wie möglich. Am besten kaufen wir eine Druckpresse, eine Offsetmaschine oder so etwas. Wir könnten eine Zeitung drucken. Wir müssen informieren, wir müssen Gegenöffentlichkeit machen. Das ist wichtig momentan.«

Gerda nickt brav, Schott auch, aber Rademacher klopft Ziegler auf die Schulter. »Gemach, Genosse, das Geld ist noch viel zu heiß. Jetzt brauchen wir ein bisschen revolutionäre Geduld.«

Rademacher und Ziegler machen sich auf den Weg zur Oma. Die ist nach dem Zweiten Weltkrieg vor dem Iwan aus Oberschlesien geflüchtet und wohnt in einer Waldsiedlung am Rande der Stadt. Die beiden Revolutionäre schwitzen Blut mit ihrer heißen Fracht im roten Volkswagen, den Rademacher von seinem Vater geliehen hat. Sie müssen in die Gudrunsiedlung, eine Insel im Wald im Süden von München, und sie verfahren sich dabei. Ziegler wird es hundsmäßig schlecht bei Rademachers gewagtem Fahrstil. Der flucht wie der Teufel, beteuert zwischendurch immer wieder, schon oft bei der Oma gewesen zu sein, grad wegen des Kellers, aber der Wald und die Häuser in diesen Siedlungen sähen immer gleich aus. Man habe einfach keinen Orientierungspunkt. Kurz bevor Ziegler sich übergeben muss, stehen sie vor dem richtigen Häuschen. Auf intensives Klingeln hin wird endlich die Tür geöffnet. Von der Oma, die schwerhörig ist, kriegt Ziegler nur die Nasenspitze zu sehen. Sie bringen Geld und Waffen in den Keller. Der hat eine solide, mit Eisen beschlagene Tür. Es sieht alles sehr sicher aus.

»Meine Oma hat seit dem Zweiten Weltkrieg immer Angst vor den Russen gehabt, dass die durch den Keller ins Haus kommen.«

Ziegler will noch wissen, ob die Großmutter nicht irgendwie neugierig sei, was da in ihrem Keller lagere. Rademacher lacht bloß, er sei der absolute Liebling seiner Oma, sie vertraue ihm blind, alles, was er mache, sei ihr heilig. In dem Zusammenhang könne man den Keller durchaus auch als Volksgefängnis benützen oder als Waffenlager. Ziegler schluckt schwer, aber er merkt sich die Lage der bescheidenen Liegenschaft und vor allem das unvergleichliche Ensemble aus porzellanenen Rehen und Zwergen im handtuchgroßen Vorgarten.

Zurück in der Wohngemeinschaft hängt Rademacher den Schlüssel ein bisschen sehr theatralisch an einen Haken am Küchenschrank.

Zieglers Unbehagen steigert sich. Der Argwohn hängt wie eine Wolke über ihm. Eines Abends in der Küche versucht er, mit Gerda darüber zu reden, doch die sieht ihn nur strafend an, als er mit seinen Verdächtigungen bei ihr um Verständnis heischt. Sie zeigt auf den Schlüssel, der unangetastet am Haken hängt.

»Schau, da, Michael! Wir sind doch Genossen.«

Sie wissen beide nicht, dass Rademacher noch einen zweiten Schlüssel für den Keller seiner Oma hat.

★

Ziegler versucht, nicht allzu schief herumzustehen, und wartet geduldig, während Eva ein bisschen in den Textilramschläden am Boulevard Rochechouart herumschnuppert. Je näher sie an das Zuckerbäckerbauwerk herangekommen sind, desto mehr ist es aus ihrem Blickfeld verschwunden. Zuerst stand der zwiebelförmige, orientalische Turm makellos weiß im blauen Himmel, gut sichtbar am Ende einer Straßenschlucht. Dann war Sacré Cœur auf einmal aus dem Blickfeld verschwunden. Schließlich stehen Ziegler und Eva vor einer breiten Steintreppe, inmitten einer gewaltigen Touristenmenge. Da ist die Kirche wieder, über ihren Köpfen, weißer als weiß, und grüßt hochnäsig herunter.

Ziegler mag diese Kirche nicht, aber Eva steht staunend da und setzt sich dann in Bewegung. Selbstverständlich muss er hinter ihr her, die Treppe hoch. Nicht nur wegen der Menschenmassen fühlt er sich unwohl. Für Ziegler ist Sacré Cœur ein Mahnmal der Reaktion. Einst wurde es gleich nach der Niederschlagung der Pariser Kommune gebaut, um die Sünden der aufständischen Bevölkerung zu sühnen. Aber das will Ziegler seiner Begleiterin nicht auch noch erklären müssen. Eva ist sowieso plötzlich ganz anders. Nun will sie sogar auf den Friedhof von Montparnasse mit ihm. Da liegen viele von Zieglers Helden: Tristan Tzara,

Robert Desnos, Juliet und Man Ray, aber auch Pierre Joseph Proudhon, das weise Heinzelmännchen der sozialen Revolution, ist dort zur ewigen Ruhe gebettet. Charles Baudelaire ist ebenfalls im Schatten des scheußlichen Tour Montparnasse begraben, in einem Familiengrab, zusammen mit seinen ungeliebten bürgerlichen Verwandten, unter anderem einem hochrangigen Militär.

Eigentlich müsste Ziegler froh sein, dass Eva sich für diese Dinge interessiert, aber es macht ihn nur nervös. Was ist plötzlich los mit ihr? Sie habe gestern länger mit ihrer Tochter telefoniert, hat sie ihm erzählt. Was hat der unleidige Teenager seiner Mutter erzählt? Warum ist Eva so anders, so anschmiegsam?

Vor weiteren unsinnigen Gedanken wird Ziegler von einem der Skateboard-Artisten, die knapp an ihnen vorbei die Treppe herunterrattern, bewahrt. Der junge Mann stolpert von seinem Brett und klatscht genau zwischen ihm und Eva auf sein Hinterteil. Eva kümmert sich sogleich um den Gestürzten, und Ziegler schaut ungerührt zu.

Er weiß nicht, was all die Touristen hier machen. Er schaut hinunter auf Paris, das da in leichtem Dunst liegt, eine große alte Frau, die einst wunderschön war und von allen begehrt wurde. Jetzt ist sie vielleicht nur noch ein Ritual, eine Erinnerung. »Macht nichts«, denkt sich Ziegler, »ich liebe dich trotzdem, du alte Hure!«

Er und Eva kämpfen sich weiter durch die Menschenmassen. Sie stehen auf dem Place du Tertre. Eva betrachtet interessiert die Werke der Malerinnen und Maler, die dort ihre Leinwände mit gängigen Motiven füllen und auf ein gutes Geschäft mit den Touristen hoffen. »Was für ein tolles Gefühl von Boheme und Kunst«, lästert Ziegler. »Hoffentlich machen die Pinselschwinger wenigstens guten Umsatz mit dem Schafsvolk.«

Auch Eva wird es nun zu viel. Sie gehen aufs Geratewohl wieder den Berg hinunter, durch Gassen und Gässchen, durch Menschen und Massen, bis auf einmal ein breiter

Boulevard Platz und Luft spendet. Sie gehen Arm in Arm und stehen bald vor dem Hotel und dem Cimetière de Montmartre, der steinernen Totenstadt. Ziegler will Richtung Hotel gehen, aber Eva zieht ihn plötzlich zum Eingang des Friedhofs. Sie gehen durch die Denkmäler und Erinnerungsbauten, sie gehen die grauen, rissigen Wege entlang. Raben oder Möwen haben auf die Granitplatten, die den Boden bilden, geschissen. Der weiße Kot ist sehr pittoresk hingeklatscht. Es sieht aus wie ein Gemälde von Jackson Pollock. Vor der kitschigen Grabstele Heinrich Heines und seiner Madame Heine lässt sich Eva sogar küssen. Ziegler hat einen leichten Anfall von Euphorie.

»Heinrich Heine hat wunderbare Liebesgedichte geschrieben, Eva. Mein Lieblingsdichter eigentlich.«

»Ich dachte, Albert Ehrenstein sei dein Lieblingsdichter. Hast du mir jedenfalls letzthin erzählt.« Eva schaut schelmisch zu ihm auf.

Warum erschrickt Ziegler bei diesem Namen so? Der bittere Ehrenstein, der »Töte dich, spricht mein Messer zu mir« gedichtet und so wunderbare Erzählungen wie »Tubutsch« geschrieben hat.

Eva hängt sich beim plötzlich wieder schief stehenden Ziegler ein, und sie schlendern gemeinsam in einem großen Bogen durch den vielen bleichen Stein zurück zum Ausgang.

»Ehrenstein, Ehrenstein, Ehrenstein!«, poltert es in Zieglers Kopf. Er küsst Eva noch einmal, aber das lenkt ihn nicht wirklich ab von diesem fatalen Namen. Auch seine Schritte haben plötzlich einen Rhythmus. Zackig klingt er, regelmäßig, wie Eh-ren-stein, Eh-ren-stein!

»Überhaupt ist es ganz gleichgültig, wohin wir reisen: wir gehen ja mit.« Das ist aus »Tubutsch«. Ziegler erinnert sich genau. Die Erzählung aus dem Sammelband *Ritter des Todes*, erschienen 1926 im Ernst Rowohlt Verlag, Berlin. Er besitzt das Buch selbstverständlich, so wie er alles von Ehrenstein hat, das sich noch finden ließ. Das Buch ist mehr für ihn als nur ein literarisches Wunderwerk. Viel mehr. Das ist die verdammte Schwachstelle in seiner Wohnung!

Ziegler flüchtet zurück ins Hotel. Eva summt und surrt um ihn herum. Er zwingt sich dazu, nicht sinnlos seine Unterarme zu kratzen. Er lächelt und ist froh, dass Evas Gerede manchmal die Stimme in seinem blöden Kopf übertönt.

Als sie unter der Dusche steht, holt er seine Reisetasche aus dem Schrank. Viel zu packen hat er ja nicht. Er starrt in das Innere der Tasche, in diese verfluchte Leere. Das Nichts springt ihn an. Eine große Müdigkeit überkommt ihn. »Überhaupt ist es ganz gleichgültig, wohin wir reisen: wir gehen ja mit.«

Ziegler reiht mehrere schwere und gemeine Schimpfwörter aneinander und stellt die leere Reisetasche wieder zurück in den Schrank. Dann geht er in die Küche, um sich einen Pernod einzuschenken. Als der Sound des Duschwassers verklingt, hat er schon drei Gläser der milchigweißen Flüssigkeit intus. Er schlägt erst mit der Faust und dann mit dem Kopf gegen die Küchentür und geht ins Badezimmer zu Eva, die ihm aber schon entgegenkommt, erschrocken fragend, was denn das für ein Krach gerade gewesen sei. Ziegler umarmt sie schweigend und vergräbt sein Gesicht in ihren nassen Haaren. Er stellt sich vor, dass seine Wangen nun von Tränen nass sind.

★

Deutschland wird am 7. Juli 1974 zum zweiten Mal Fußballweltmeister, das macht Ziegler ziemlich fertig. Seine Sympathien liegen eindeutig auf Seiten der Niederländer. Aber was noch viel schlimmer ist: Rademacher ist schon den dritten Tag nicht aufgetaucht. Das ist ungewöhnlich. Dann ruft auch noch seine Mutter an, ob die Wohngemeinschaft wisse, wo ihr Sohn stecke. Er hätte den roten Volkswagen schon längst wieder in die elterliche Garage zurückbringen müssen.

Nun können Gerda und Schott nicht mehr umhin, mit Ziegler und dem Kellerschlüssel im Bahnbus in die Gudrunsiedlung zu fahren. Endlich finden sie das Häuschen der Oma, die sie ohne Fisimatenten in den Keller gehen lässt. Das Geld ist nicht mehr da, es liegt nur noch eine Knarre in der Reisetasche.

»Ich knalle die Drecksau ab, wenn ich sie erwische!« Schott tritt auf eines der Gestelle ein, in denen vielleicht einst Kartoffeln gelegen haben. Das Holz bricht, zerbröselt, morsch, eine Staubwolke bringt alle zum Husten.

»Ich hab's geahnt, dass der Rademacher uns linkt. Wir sind so was von blöd«, röchelt Ziegler und hält sich an der schweigenden, wie versteinert stehenden Gerda fest.

»Ich schnappe mir Rademacher, das schwöre ich. Diese Drecksau hole ich mir, hundert Prozent!« Schott brüllt, er schäumt. Speichelflocken vermischen sich mit der Staubluft. Der Brüllochs nimmt die Pistole aus der Tasche und fuchtelt damit herum.

Ziegler denkt an den Schuss in der Schalterhalle der Kreissparkasse Glonn, lässt Gerda los und beeilt sich, aus der Schusslinie zu kommen. Seine Freundin sagt nichts, sie ist nur sehr bleich. Das beunruhigt Ziegler viel mehr, als wenn sie hysterisch herumschreien würde.

Schließlich verstummt Schott mit einer letzten Speichelattacke, er legt die Pistole überraschend vorsichtig zu Boden und sagt: »Ach, leckt mich doch alle am Arsch!« Dann verlässt er den Kartoffelkeller.

Ziegler und Gerda schauen sich an. Was nun, was tun? Ziegler wird von seiner Freundin dem zornigen Schott nachgeschickt, damit der keine Dummheiten macht. Er dackelt aus dem Keller hoch und schaut, ob er irgendwo die Oma sieht, falls die etwas von diesem Drama mitbekommen hat. Aber die alte Frau ist nirgendwo. Ziegler sieht, wie Schott mit großen Schritten Richtung Bushaltestelle stiefelt. Er erreicht ihn kurz vorher, hält ihn auf und redet mit Engelszungen auf ihn ein. Schott beruhigt sich. Etwas später kommt auch Gerda mit ihrer Umhängetasche. Sie habe der Oma den Kellerschlüssel gegeben. Die habe gelacht und gesagt, dass der Harry, also Rademacher, ihr gesagt habe, dass er vorübergehend ins Ausland reise.

Sie sitzen zu dritt in der Küche in der Ohmstraße. Schott bleibt das Gebrüll bald in der Kehle stecken, Gerda sitzt nur da, hart wie Stein, und Ziegler weiß auch nicht, was er sagen soll. Er hat es ja gewusst. Die Beute aus dem Raubüberfall ist nur noch ein symbolischer Wert. Sie haben doch diese Aktion nicht gemacht, damit einer von ihnen dann mit dem Geld abhaut und sich ein privates Vergnügen damit macht!

Schott schluckt ein halbes Helles mit zweimal Ansetzen und meint nach einem furchtbaren Rülpser, dass er Rademacher schnappen würde, irgendwie, irgendwo. Gerda nickt und ihre Fingernägel graben sich in Zieglers Unterarm.

Der zerbeißt einen Schmerzenslaut: »Ach, komm, Schott, der ist über alle Berge, dieses unsolidarische Schwein. Wir können froh sein, wenn er uns nicht in die Scheiße reitet und denunziert oder so.« Insgeheim hofft Ziegler, dass nun die Bluthunde des Sheriffs Rademachers Spur aufnehmen und er so aus dem Fokus der Polizei kommt. Er und Gerda. Und Schott auch. Rademacher ist nun der Gejagte. Er hat alle Schuld auf sich genommen. Das Geld ist der Makel, der Sündenfall, wie immer. Jetzt ist es weg. Die Schuld auch. Hoffentlich!

Aber das ist bloßes Wunschdenken, das ist Ziegler schon klar.

»Wenn die Bullen Rademacher schnappen und der auspackt, dann sind wir auch dran. Der Dreckskerl hält doch die Klappe nicht, wo er das Geld her hat.« Seine Gedanken machen es ihm schwer. Er kann nicht mehr schlafen. Stets hört er schwere Tritte im Treppenhaus, die nur von der Polizei stammen können. Gerda beruhigt ihn, wird aber bald ungeduldig mit ihm. Schott redet nicht viel, er zieht in der Stadt herum und fragt vorsichtig nach Rademachers Verbleib, aber niemand weiß etwas.

Die Wohngemeinschaft in der Ohmstraße bleibt indessen gänzlich unbehelligt, dieser eine Banküberfall in Glonn ist schnell vergessen im Wirbel der unruhigen Zeit. Nach weiteren erfolgreichen Beutezügen durch Professionelle wie auch Polit-Amateure beginnen die Bankinstitute mit der Installierung von umfassenden Sicherheitsmaßnahmen.

Holger Meins, Gründungsmitglied der Rote Armee Fraktion, stirbt am 9. November 1974 an den Folgen seines Hungerstreiks, einen Monat später besucht Jean-Paul Sartre die in Stammheim einsitzenden RAF-Mitglieder der ersten Generation und bezeichnet nach seinen Gesprächen mit Andreas Baader denselben als »Arschloch«. Damit könnte der alte Philosoph wohl recht haben.

Aber damit beschäftigt sich Ziegler momentan nicht, er hat andere Sorgen. Gerda und Schott auch. Der Banküberfall hat ihr Leben verändert. Sie hätten doch nie gedacht, dass die Angst vor der gesetzausübenden Gewalt so einen großen Einfluss auf ihr Leben haben würde. Sie halten still. Gerda winkt ab, wenn Ziegler sie mit auf Kundgebungen nehmen will. Er ist dann jeweils auch froh, wenn er nicht auf die Straße muss. Sie haben keinen Umsturzplan mehr, die drei übrig gebliebenen Bewohner der Wohngemeinschaft sind vor allem mit sich selbst beschäftigt.

Ziegler kann immer noch nicht ruhig schlafen und stürzt sich zur Therapie in sein Studium. Netter Versuch, aber erfolglos. Außerdem hat er begonnen, Gitarre zu spielen. Das beruhigt ihn ein bisschen. Eines Tages sucht er sein Wörterbuch der Philosophie und findet in Gerdas Schreibtisch eine Pistole. Es beruhigt ihn nicht, dass Gerda ihm versichert, dass sie das Ding damals aus dem Keller mitgenommen hat, weil sie nicht wollte, dass sich Rademacher diese

Waffe auch noch holt oder Schott Dummheiten damit macht. Gerdas Frage, was er eigentlich in ihrem Schreibtisch verloren habe, übergeht Ziegler mit einer müden Handbewegung. Zwei, drei Wochen später kommt Gerda spätabends in sein Zimmer, küsst ihn auf die Wange und meint nebenbei, dass sie die Pistole in die Isar geworfen habe.

Ziegler hofft, dass noch mehr Gras über die Sache wächst. Aber er wird nicht wirklich ruhig. Er muss weg, er weiß, dass ihm nur noch die Flucht bleibt. Im März 1975, kurz nach dem für beide Seiten glücklichen Ende der Entführung des Berliner CDU-Politikers Lorenz durch die Bewegung 2. Juni, macht sich so etwas wie Optimismus in der linken Szene wie auch in der Ohmstraße breit. Schott poltert herum wie früher. Rademacher hat er nicht gefunden, der bleibt verschwunden, aber egal. Er werde ihn schon noch kriegen und dann Gnade ihm, dem Drecksack, röhrt Schott und haut mit seiner Riesenfaust auf den Küchentisch. Aber nun zur Revolution und ihren Fortschritten!

Gerda hat zu rauchen begonnen und meint ganz nebenbei zu Ziegler, dass ihre Beziehung möglicherweise eine Verschnaufpause brauche. Sie kommt jetzt öfters erst nach Mitternacht nach Hause, lässt den gesprächsbereit am Küchentisch sitzenden Ziegler links liegen und verschwindet schnell in ihrem Zimmer.

Ein paar Tage später schiebt er die letzte von vielen Versionen eines Abschiedsbriefes unter der Zimmertür der Treulosen durch. Er halte es nicht mehr aus und gehe fort. Er liebe sie immer noch, aber es sei zu viel für ihn.

Als seine Tränen zu fließen begannen und eine sogar auf das Briefpapier tropfte, hat er den ersten Schrieb noch zusammengeknüllt und ärgerlich weggeworfen. Im Abschiedsbrief letzter Hand aber hat er absichtlich drei Träneneinschläge hinterlassen, richtig dekorativ platziert.

Also reist Michael Ziegler mit einem großen Koffer von München nach Zürich. Er überquert zwei Grenzen in der Eisenbahn, stirbt bei jeder Kontrolle seines roten Schweizer

Passes an die tausend Tode, kommt aber problemlos bis nach Zürich.

Er wohnt bei seinen Eltern, der verlorene Sohn. Zwei Wochen später ist ein Brief von Gerda im Briefkasten. In drei knappen Sätzen steht da, dass er ein Feigling sei und dass er ja keinen Fehler machen solle, wenn er jetzt sicher in seiner Schweiz sitze. Ziegler liest es mit rotem Kopf, zerreißt die Karte, auf deren Rückseite Michail Bakunin als Satan der Revolte dargestellt ist, in kleine Stücke. Die Trennung von Gerda tut Ziegler weh, und manchmal verflucht er sich deswegen, schilt sich feige, aber dann kann er endlich wieder gut schlafen in der ruhigen Schweizer Nacht.

★

Mehr als zehn Jahre später, 1986, treffen sich die beiden wieder. Bei Ziegler ist die politische Betätigung weitgehend durch eine kulturelle abgelöst worden, wie das in den Achtzigerjahren halt so gang und gäbe war. Reagan, Kohl und Thatcher an der Macht sind deprimierend genug. Ziegler nimmt das persönlich, und ihm fällt auch kein anarchistisches Zitat dagegen mehr ein. Er steht fassungslos.

Nach fruchtlosen Versuchen zu studieren und ein gesellschaftlich anerkannter Intellektueller zu werden, hat er die Universität aufgegeben. Ebenso vergeblich waren seine Bemühungen, ein erfolgreicher Musiker oder wenigstens ein beliebter Punk-Gitarrist zu werden. Mehr durch Zufall ist Ziegler eine kleine Karriere als Musikproduzent gelungen. Er hat nach und nach ein Tonstudio eingerichtet und mixt jetzt esoterische Endlosmelodien mit Walgesängen als Hintergrund-Soundtracks für einschlägige Therapien. Sein auf diese Art von Entspannungsmusik spezialisiertes Plattenlabel ist ein Erfolg, und er verdient gutes Geld. Er verkauft seine musikalischen Endlosschlaufen an Hotels und Bäder, die damit ihre Wellness-Oasen beschallen. Manchmal mixt er satanische Botschaften in das Wohlfühlgedudel, aber die versteht keiner.

Gerda macht ihn über seine Eltern ausfindig. Sie schreibt ihm eine Postkarte, dass sie in die Schweiz komme, und sie treffen sich an einem sonnigen Tag Mitte September in einem Café am Zürcher Hauptbahnhof. Ziegler mustert Gerda genau. Sie hält seinem Blick stand und lächelt. Ihre Haare sind wieder blond und sehr kurz. Sie sieht verdammt gut aus. Ziegler sagt es ihr und Gerda lächelt erneut. Er weiß nicht so recht, wie er anfangen soll zu erzählen. Seine ehemalige Freundin blendet ihn. So berichtet er von seinen letzten zehn Jahren, seinen musikalischen Ambitionen und Taten. Gerda lacht nicht allzu fröhlich. Sie knausert eher mit Informationen über ihre jüngere Vergangenheit, bleibt unbestimmt und unklar und antwortet unwirsch, wenn Ziegler zu heftig nachfragt. Nein, sie habe die Uni auch nicht fertig gemacht, es sei ihr zu viel dazwischengekommen. Der Banküberfall sei nie mehr ein Thema gewesen, die Bullen hätten ihn wohl als ungeklärt zu den Akten gelegt. Aus der Wohngemeinschaft in der Ohmstraße sei die Kleinfamilie Schott geworden.

Sie schweigt und kramt einen Zeitungsfetzen aus ihrer Handtasche und legt ihn vor Ziegler auf den Tisch. Es ist eine Todesanzeige.

»Horst-Detlev Schott, geboren 1952, ließ am 28. Juni 1986 sein Leben bei einem tragischen Arbeitsunfall. Er war ein liebevoller, treusorgender Familienvater und als Künstler gerade dabei, auf sich aufmerksam zu machen. Wir trauern um ihn. Heike und Carmel Schott.«

Ziegler trinkt sein Glas Bier leer und hustet. Er schlägt die Hände vors Gesicht. Er weint nicht, er versucht, das Lachen zu unterdrücken: »Jetzt weiß ich, warum er nie jemandem seinen Vornamen gesagt hat und immer nur Schott heißen wollte. Tut mir leid, dass ich so pietätlos bin, Gerda, aber was müssen das für Eltern sein, die ihr Kind Horst-Detlev nennen? Und würdest du deine Tochter Carmel nennen? Ist das nicht fürchterlich prätentiös?«

Sie legt ihren Zeigefinger auf Zieglers Mund. Das fühlt sich gut an.

»Schau dir doch das Datum an. Du weißt, was wir am 28. Juni 1974 gemacht haben.«

Ziegler lächelt unwillkürlich. Wenn er Kinder hätte, könnten sie ihm ein Ständchen halten: »My daddy was a bankrobber …«

Gerda tippt auf die Todesanzeige: »Das war Rademacher!«

»Du spinnst!«

»Von wegen! Ein Arbeitsunfall, dass ich nicht lache! Der alte Brüllochse war einer der kommenden bildenden Künstler. Neue Wilde, große Gesten, du weißt schon, hart und herzlich, er hat mit seiner Bärenartigkeit gut in den Betrieb und die Verwertung gepasst. Verdammte Steinklötze hat er bearbeitet, möglichst brachial, mit dem Presslufthammer und so. Hat sich ja immer als Angehörigen der Arbeiterklasse gesehen. Seine erste Arbeit hieß *Freie Sicht aufs Mittelmeer. Reißt die Alpen ab!* Er hat berühmte Berge nachgebildet und denen die Gipfel abgefräst, Matterhorn und so, in kleinerem Maßstab natürlich, aber immer noch sehr massig. Damit hätte er ein ganzes Kunstmuseum zupflastern können. Da ist die Kunstmischpoke vielleicht im Quadrat gesprungen vor Begeisterung. Provokation und Poesie und so. Dabei ist das mit dem freien Mittelmeer eine Forderung aus der Schweizer Jugendbewegung, weißt du ja noch, Ziegler, oder? Dann hat man Schott tot aufgefunden, unter einer seiner Skulpturen. Alpengranit. Erschlagen vom umstürzenden Stein. Getötet vom eigenen Werk. Was für ein Kitsch! Ich gehe jede Wette ein, dass das kein Unfall war.«

»Du meinst, man hat den guten alten Schott umgebracht? Aber wie kommst du ausgerechnet auf Rademacher?«

»Wer sonst? Schott war ihm auf der Spur, nachdem du abgehauen bist. Da gab es damals noch einen Banküberfall, in einem Städtchen an der Grenze zu Österreich. Schott war sich hundertprozentig sicher, dass Rademacher dahintersteckte. Er ist sogar dorthin gefahren, hat aber selbstverständlich nichts herausgefunden. Ich war schon aus der Ohmstraße ausgezogen, bin aber mit Schott in Kontakt geblieben. Der wurde plötzlich Vater.« Gerda lacht und langt sich an den Kopf, aber ihre Haare sind viel zu kurz, um sie hinters Ohr zu streichen. Dafür fuchtelt sie mit den Händen herum.

»Eines Tages ist er wieder angetanzt, Schott, da hat er sogar gemeint, dass Rademacher, der Dreckskerl, eine neue Existenz als Autorennfahrer angenommen hat. Er habe zufällig mal im Fernsehen ein Rennen gesehen, Tourenwagen oder so, und einer der Piloten sei eindeutig Rademacher gewesen. Selbstverständlich sei er unter einem falschen Namen gefahren. Ich weiß nicht mehr, unter welchem, Schott hat sich total reingesteigert ...«

»Schott hat immer ein bisschen übertrieben!« Ziegler hält Gerdas Hände fest. Aber sie entreißt sie ihm wieder.

»Rademacher wusste, dass wir hinter ihm her waren, Schott und ich. Die feige Verrätersau! Du bist ja auch abgehauen, in deine Schweiz, in dieses Käseland. Schott und ich, wir beide haben es wenigstens versucht. Wozu du keine Eier gehabt hast, du Fondue-Tiger. Aber du brauchst ja auch kein Geld mehr, wenn du so ein erfolgreicher Musikproduzent bist.«

Ziegler meint, er müsse Gerda widersprechen. Aber wahrscheinlich hat sie recht. Er kratzt sich an den Unterarmen. Jetzt hält Gerda seine Hände fest und redet ganz ruhig weiter.

»Na, egal, dann war jedenfalls irgendwann Ruhe im Karton, und Schott hat nur noch Kunst gemacht.« Gerda lacht bitter, als ob da eine schwere persönliche Beleidigung dabei gewesen sei. Ziegler traut sich nicht, Gerda nach Genauerem zu fragen. Sie lässt seine Hände wieder los und schiebt die Todesanzeige auf dem Tisch herum.

»Dann, vor zwei, drei Jahren, kriegt Schott plötzlich einen Brief, und zwar von niemand anderem als Rademacher. Der gratuliert ihm zu seiner künstlerischen Karriere, der Drecksack, er habe in der Zeitung davon gelesen.«

Ziegler lacht los. Gerdas Blick schnappt nach ihm wie ein Schlageisen.

»Das ist nicht witzig, du! Schott hat den Brief gleich zerrissen, er hat mir aber später davon erzählt. Gebrüllt hat er wie in seinen besten Zeiten. Rademacher, die Sau, sei in der Schweiz, genau wie der andere Verräter!«

Ziegler kratzt sich heftiger. Gerdas Blick wird nicht freundlicher.

»Rademachers Brief ist in Intragna abgestempelt worden, das liegt im Tessin. Schott hat sofort einen Detektiv dorthin beordert. Rademacher aber ist cleverer gewesen und hat Schott heimtückisch umgebracht, ob im Streit oder so, das ist nebensächlich.«

Ziegler kommt das alles ziemlich seltsam vor, eigentlich glaubt er kein Wort von dem, was Gerda ihm da erzählt. Das ist alles Nebel- und Blendwerk, Wortgewirbel im Wolkenwusel. Aber Ziegler kann gerade nicht so richtig denken, denn er wird von einem schweren Schub Gefühl, von einer längst vergangen geglaubten Sehnsucht heimgesucht. Er sieht Gerdas Augen, wie sie funkeln, vielleicht aus Zorn, vielleicht aus Berechnung, vielleicht aus Wahnsinn, und er kann gar nicht anders, als in Liebe dahinzuschmelzen. Das Objekt seiner Begierde ist von blauer Elektrizität umgeben, sie ist eine Marienerscheinung ohne Jesuskind, und sie erzählt weiter höchst merkwürdige Geschichten. Schott habe ihr, Gerda, noch mitgeteilt, dass dieser Detektiv in Intragna und Umgebung ermittelt und gemeldet habe, dort würde ein gewisser Hardy Krull leben, der jederzeit und ziemlich sicher Rademacher sein könne.

Ziegler seufzt, weil er weiß, dass er sich mit all seiner Liebe an dieser Hochspannungsleitung, diesem blauen elektrischen Sturm hoffnungslos verbrennen wird. Er hört auf, sich zu kratzen und es gelingt ihm, Gerdas wild durch die Luft fahrenden Hände festzuhalten.

»Du meine Güte, wie soll Rademacher jetzt heißen, Hardy Krull? Das ist doch Quatsch, das ist von Thomas Mann, Gerda. Das ist dummes Zeug, was Schott dir erzählt hat. Oder von mir aus dieser Detektiv. Wie kommt ihr denn auf so was? Ein Schnüffler, der Rademacher verfolgt. Wegen der paar Kröten? Das hat Schott bezahlt? Bist du dir sicher, dass nicht etwas anderes dahintersteckt?«

Gerdas Blick sprüht Funken: »Glaubst du mir nicht? Willst du mich jetzt therapieren oder was?«

Ziegler seufzt und lässt ihre Hände los: »Hardy Krull, ich lach mich scheckig. Das ist alles ziemlich irre, aber du willst, dass wir ihn im Tessin jagen, oder?«

Gerda nickt.

Sie bleibt bei Ziegler. Zuerst schleichen die beiden noch wie besonders gefährliche Raubtiere umeinander, oder wie Menschen, die bei der geringsten Berührung zu brennen beginnen. Dann landen sie im Bett. Gerda warnt Ziegler, dass sie ihr eigenes Leben habe. Der merkt schnell, dass er mindestens einen Nebenbuhler hat. So beschließt er, mit Gerda ins Tessin zu fahren.

Sie schaut ihn prüfend an und stimmt dann zu. Ziegler löst zwei Erstklassetickets nach Locarno und sitzt dann mürbe, zitternd und geil Gerda gegenüber. Er trinkt zu viel, weil er ein zweites großes Problem hat. Die Geschäfte gehen in letzter Zeit nicht mehr so gut. Vielleicht hat er auch nicht mehr die richtige Disziplin, weil diese Frau, die ihm gegenübersitzt, ihn so beschäftigt und umtreibt. Ihr Haupt umzingeln schon wieder blaue Flammen.

»Sag mal, Ziegler, schämst du dich eigentlich nicht, mit esoterischen Walgesängen Geld zu verdienen?«

»Und du, Gerda, wolltest du nicht vor zehn Jahren die Welt, wenn du sie schon nicht kriegen konntest, wenigstens in die Luft jagen?«

Sie streicht sich eine nichtvorhandene Haarsträhne hinters Ohr und lächelt Ziegler an: »Ich bin wenigstens für meine Überzeugung im Knast gewesen, dort habe ich mir das mit dem Kampf überlegt und mich anders entschieden. Den Staat kannst du so nicht besiegen. Außerdem sind wie bei allen kriegerischen Auseinandersetzungen die Toten immer die Unschuldigen. Na ja, nicht immer, aber meistens.«

Ziegler starrt Gerda erschrocken an. Dann wirft er einen scharfen Blick nach links, wo ein älteres Ehepaar sich sofort wieder um seine eigenen Angelegenheiten kümmert.

»Ach, das hab ich dir gar nicht erzählt. Das war wegen der damaligen Paranoia. Ich habe wegen Verdacht auf Mitgliedschaft in einer kriminellen Vereinigung gesessen.«

Ziegler erfährt, dass dieser Hardy Krull, der Rademacher sein soll, in einer alten Mühle wohne. Diese befinde sich offensichtlich bei einem Dörfchen namens Pila, ganz in der Nähe von Intragna. Allerdings komme man nur mit der Seilbahn oder auf Schusters Rappen dorthin.

Ziegler schaut Gerda ungläubig an. Rademacher würde sich doch in so einer Einöde zu Tode langweilen. Der ist doch kein Naturfex. Der braucht eine Straße vor dem Haus. Na ja, vielleicht bastelt er in der Einsamkeit an einem Batmobil herum.

»Und was machen wir, wenn wir uns den alten Rademacher schnappen?«

»Bestrafen! Es geht ums Prinzip. Er hat mich, äh, uns verarscht.«

Sie fahren mit der Centovalli-Bahn, links von ihnen liegt allerhand Stein und Kies um ganz wenig Wasser herum, schön wie eine Mondlandschaft. Der Fluss hat sich versteckt. Den ganzen Sommer über hat ihm die Sonne auf den Pelz gebrannt und immer weniger ist er dabei geworden. Es sind wunderbare Oktobertage. Die Farben sind hart und klar, das Blau des Himmels vergisst man nie mehr. Sie wohnen im Hotel neben dem höchsten Campanile des Tessins.

»Ich nehme die Seilbahn, und du gehst zu Fuß den Berg hoch. Wir kommen von zwei Seiten und nageln die Ratte in ihrem Loch fest!« Gerda hat die Wanderkarte genau studiert. Mit einem kleinen schwarzen Viereck ist die ehemalige Mühle am Fluss eingezeichnet. Genau dorthin geht es. Krulls Versteck. Ziegler ergibt sich Gerdas Euphorie. Er würde immer noch alles für sie tun. Gibt es in diesem Intragna keine Bank, die man überfallen könnte?

Zuerst läuft er am Ende des Dorfes durch einen Weingarten. Zwischen den Reben flattert Wäsche. Rauch steigt auf. Es riecht wunderbar. Ziegler hört Kinderlachen, das Knarren von Holz, das Klappern von Türen und Fensterflügeln. Zauberhafte, geheimnisvolle Geräusche. Er sieht keinen Menschen, aber überall ist das Leben. Hundert Schritte weiter ist dann die bewohnte Welt zu Ende. Schmal zieht sich ein Trampelpfad hoch, Sträucher schnappen beleidigt nach Ziegler, nachdem er sie aus dem Weg gedrückt hat. Alles Bebaute, alles von Menschenhand Geformte ist weg.

Er kämpft sich durch einen wild verwachsenen Kastanienhain und durch verrottetes Unterholz. Es ist still, er hört nur seine eigenen Schritte. Dann wird es vor ihm lichter.

Er sieht Steine. Graue, weiße, schwarze Steine. Rostgesprenkelte, blassgelbe, braunrot gefleckte Steine. Vom Wasser geschliffen, poliert, rund, ohne Kanten und Ecken. Glatte, warme Flächen unter den Fußsohlen. Ziegler hat Schuhe und Socken ausgezogen, er steigt barfuß das Flussbett hoch. Ein Meer aus Steinen, nur manchmal ein spärlich rinnendes Bächlein. Dazwischen zerfetztes Holz und verbogenes Eisen aus jenen Zeiten, in denen das Rinnsal zum reißenden Fluss wird und vom Berg herabstürzt. Ziegler balanciert, mit seinen klobigen Wanderschuhen in den Händen. Ab und zu taumelt er, wenn ein Stein unter seinem Fuß kippt. Es gibt auch größere Brocken auf dem Weg, Kubikmeter an Felsen. Ziegler umgeht sie. Er steigt auf, sorgfältig, Schritt um Schritt, von Stein zu Stein.

Dann setzt er sich auf einen der großen Brocken. Er hat

nicht einmal etwas zu trinken dabei. Ärgerlich konsultiert er die Wanderkarte.

Dann denkt er nach. Es ist nicht mehr weit bis zu dieser Mühle. Ziegler solle aufpassen, hat Gerda gesagt, und auf sie warten. Unbedingt! Sie komme von der Seilbahn her auf dem offiziellen Wanderweg zu dieser Mühle. Man treffe sich dort Punkt 14 Uhr. Aber diskret!

Ziegler schaut auf seine Armbanduhr. Noch genügend Zeit. Er bleibt auf einem großen Stein stehen und schaut nach unten. Das muss der Lago Maggiore sein, dieses maßlose Glitzern hinter den grünen Hügeln. Er muss jetzt gleich nach rechts, um zu dieser Mühle oder wenigstens in dieses ominöse Pila zu kommen. Aber es gibt kein Zeichen, keinen Hinweis, kein Schild, keinen Pfad, keinen Ausstieg. Es gibt nur dieses Flussbett ohne Wasser, es gibt Felsen und Steine in den schönsten Farben und Formen. Ziegler ist verzaubert von der steinernen Wildnis. Aber nirgendwo findet er eine alte Mühle, in der ein Krull lebt. Hat ihn Gerda vielleicht mutwillig in die Irre geschickt? Ist er das Opfer, weil Rademacher und Gerda … Unsinn! Wahrscheinlich hat er sich verirrt. Vielleicht steckt er auch in einer Zeitfalte seiner Erinnerung fest.

Falls Gerda auf Rademacher trifft, will er keinesfalls dabei sein. Ihm ist Rademacher egal. Und auch Gerda. Es war schön mit ihr, aber es ist vorbei. Er hätte nicht wieder anfangen sollen. Da kommt die einfach an, direkt aus der Vergangenheit, und erschüttert all seine knappen Sicherheiten. Sein neues Leben. Vielleicht, so erschrickt Ziegler einen Moment, hat Gerda die Knarre dabei, die damals in ihrem Schreibtisch lag. Erst kommt Rademacher dran, dann er. Mitwisser erledigen, Beute behändigen. Blödsinn, seit dem Banküberfall sind zwölf Jahre vergangen. Wahrscheinlich ist das Geld längst weg.

Er bleibt stehen, dann legt er sich mutlos auf einen der Felsen und nimmt die gespeicherte Sonnenwärme auf. Es ist still, nicht einmal ein Rascheln, ein Wispern, ein Denken.

Ziegler möchte einfach liegen bleiben und alles vergessen, alles, vor allem Rademacher und Gerda. Aber auch seine esoterischen Wale.

Eine bunt gemusterte Eidechse erscheint plötzlich auf einem benachbarten Stein und starrt Ziegler lidlos an. Er hört ihre feine Stimme in seinem Kopf: »Was willst du denn noch hier, hau doch endlich ab, du Depp!«

Ziegler erhebt sich, schaut sich um und stolpert dann das Steinbett talwärts. Außer Atem kommt er in Intragna an, holt gleich sein Gepäck aus dem Hotelzimmer, bezahlt und steigt in das Bähnchen nach Locarno. Kurz vor Mitternacht ist er zuhause.

★

Jérémy schaut sich aufmerksam in Zieglers Wohnung um. Er pfeift anerkennend, als er die Gestelle mit den CDs und den Schallplatten sieht. »Wow, das ist ein totaler Freak, der neue Freund deiner Mutter!«

»Er ist nicht der neue Freund meiner Mutter.« Lettys Augen sprühen Funken und sie versucht, ihren Freund in den Oberarm zu boxen.

Jérémy neckt sie weiter: »Schätzchen, ich schwöre, er ist Evas Lover, denn die beiden sind in Paris, in der Stadt der Liebe.«

»Und wir sind hier, damit Mam ihm den Laufpass gibt, sobald sie wieder zurück sind. Wir müssen etwas finden, das diesen Ziegler in ein schlechtes Licht stellt. Ich bin sicher, dass es hier so was gibt. Drogen. Waffen. Islamistisches Zeug. Kinderpornos vielleicht. Was weiß ich. Mit dem Typen stimmt etwas nicht, ich spüre das. Jedenfalls soll meine Mutter nicht wegen so einem Loser leiden.«

»Letty, bist du sicher, dass Eva das gutheißen würde, was du aufführst? Gönn ihr doch ein bisschen Abenteuer.«

»Was soll der Quatsch? Ich sag dir doch, dass an dem Typen etwas faul ist. Verstehst du mich eigentlich nicht? Der reißt meine Mama doch in den Abgrund. Der hat Dreck am Stecken!« Letty blitzt ihren Freund an: »Auf wessen Seite stehst du überhaupt? Hilf mir lieber suchen.«

»Du spinnst, Letty. Der Mann ist allerhöchstens merkwürdig, weil er auf Rockmusik aus dem letzten Jahrhundert steht. Vor allem auf Punk. Slaughter and the Dogs. Wayne County and the Electric Chairs. Unglaublich. The Vibrators. Johnny Moped. Wir haben ja an der Musikakademie einen Grundkurs Punk-Rock, weißt du. Darum kenn ich mich ein bisschen aus. Dieser Ziegler besitzt zum Teil tolles Zeug, auch wenn die Musikträger hoffnungslos veraltet sind. Der hat sogar noch Tonbandkassetten. Die kann er wahrscheinlich gar nicht mehr abspielen. Scheint mir überhaupt ziemlich viel Vergangenheit in diesem Raum zu sein, auch diese antiken Bücher.«

»Eben, so ein Typ hat doch sicher irgendwelche Leichen im Keller.« Letty streckt Jérémy ihr Handy hin. »Da, das ist dieser Ziegler. Ich habe Mam und ihn heimlich fotografiert. Schau nur, wie der über Mam hinwegschaut. Der ist nicht verliebt, obwohl sie da so umarmt stehen. Dem sein Geschau ist doch total berechnend. Der verarscht meine Mutter. Der will ihr irgendwas Schlimmes antun, ich weiß das doch«, schluchzt sie nun und lässt sich von ihrem Freund umarmen und halten.

Jérémy sieht nicht viel Verbrecherisches in dem etwas dämlichen Blick des Mannes, der da Lettys Mama recht ungelenk umarmt. Brille, Halbglatze, zu buschige Augenbrauen, Typus Privatgelehrter oder ausgesteuerter Philosophiedozent. Letitia hat noch ein anderes Foto gemacht, auf dem der ganze Mann zu sehen ist. Kleiner Bauch, verbeulte Hosen, Zehenschlappen, eine Gestalt kurz vor dem seitlichen Wegkippen. Nein, der Typ hat definitiv nichts von einem Serienmörder an sich, da könnte Jérémy wetten. Oder schwören.

»Da bist du echt auf dem falschen Holzwegdampfer, Letty, du verrennst dich total, der Typ ist harmlos.«

Doch Letitia ist erbarmungslos. Sie zeigt auf die kleinen Pflanzen in den großen Töpfen vor dem Panoramafenster. Ob das nicht Rauschgift oder etwas noch Gefährlicheres sei? Jérémy kann ihr versichern, dass es kein Marihuana ist. Für ihn sähen die Pflänzchen eher aus wie unschuldige Gemüsesetzlinge, kein Salat, aber unter Umständen Balkontomaten.

»Hast du das Buch auf dem Küchentisch gesehen, Letty? Das Ding da von diesem Stéphane Hessel. Wenn dieser Ziegler das liest, dann ist er politisch in Ordnung. Tut mir leid, wenn ich dich enttäuschen muss, aber ich habe das Gefühl, dass der Typ ganz okay ist.«

Letty will nicht nachgeben. Sie hat auch ihr Gefühl. Und ziemlich heftig! Sie wäre jetzt gerne eine dieser toughen Kommissarinnen in den Serien, die sie mit Mam immer im Fernsehen anschaut. Hau den Dreckskerlen ruhig noch eins rein ...

Jérémy zieht vorsichtig eine Schublade aus einer bauchigen Kommode. Noch mehr Papierkram. Auf einmal hält er eine Urkunde in der Hand, ausgestellt auf die Firma Yellowbrick Records und deren Inhaber Michael Ziegler als Produzent. Hoppla. Grund der Dekoration ist der Schweizer Popstar Peter Reber und sein großer Hit »Jeder bruucht sy Insel«, bei dessen Produktion dieser Ziegler mitgemischt hat. »Na also«, murmelt Jérémy, »ein Tycoon aus der Zeit, als die Musik noch nicht digital funktionierte.« Letty sieht ihn nur verständnislos an.

Dann sind da noch Preislisten, Geschäftsbriefe, letzte Mahnungen und unleserliche Notizen in der Schublade, alles angegilbtes Papier, dem Datum nach mindestens zwanzig Jahre alt. Aber es gibt kein verdächtiges Material, keine Gerichtsbeschlüsse, Geständnisse oder sachdienlichen Hinweise, dass dieser Michael Ziegler etwa für den flagranten Niedergang der Schweizer Kultur nach dem Tod von Arthur

Honegger, Friedrich Dürrenmatt und Max Frisch verantwortlich ist.

Jérémy hustet und meint, dieser Typ könne einfach keine Sachen wegwerfen, der sei ein Messie. Irgendwann sieht auch Letty ein, dass es eine Schnapsidee ist, auf diese Weise den Lover ihrer Mutter diskreditieren zu wollen. Der Typ ist raffiniert genug, alles Belastende in seinem gottlosen Riesenpuff versteckt zu halten. Entmutigt lässt sie sich aufs große Sofa fallen und schmollt hinter ihrem Haarvorhang.

Jérémy schaut sich unterdessen die antiquarischen Bücher an, kippt ab und zu ein Exemplar aus dem Regal.

»Kennst du den Schreiberling, Letty? Albert Ehrenstein, der nimmt einen guten halben Meter im Büchergestell ein. Auf den steht dein zukünftiger Stiefvater ganz offensichtlich.«

Letitia Schaub springt vom Sofa auf und ist mit zwei Schritten bei ihrem Freund. Er bekommt einen heftigen Hieb an den Oberarm. Dann gleich noch einen.

»Hey, ich hab doch nur Spaß gemacht. Lauter alte Bücher, dieser Ehrenstein muss schon länger abgetreten sein. Da, *Ritter des Todes*. Ein geiler Titel. Das wäre ein toller Name für eine Band.«

Jérémy spielt Schlagzeug, aber richtig, eben an der Musikakademie. Er wird demnächst eine Rockband gründen, mit Kollegen, alles gute Musiker. Erfolg quasi garantiert! Er nimmt das Buch von diesem Ehrenstein in die Hand. Ein schon etwas brüchiger Pappband. Aus den Seiten flattert ein Papier zu Boden. Letty hebt den Fetzen auf. Ein alter Zeitungsausschnitt. Sie liest. Eine Todesanzeige. Noch ein Stück Papier schwebt plötzlich aus den Buchseiten, ein Zeitungsartikel über einen Banküberfall. Der ist noch stärker vergilbt als die Todesnachricht. Jérémy blättert das Buch durch, während Letty ratlos auf das gelbgraue Papier starrt.

»Letty, hör mal, was dieser Ehrenstein geschrieben hat: ›Früher träumt ich vom Ruhm. In schlaflosen Nächten befällt mich die Frage: welcher ist der kleinste Berg der Erde?

Ich möchte ihn gern ersteigen. So träumt ich vom Ruhm.‹ Ziemlich schräg, was? Aber gut! Ich glaube, wir nennen unsere Band nach dem Buch. Ritter des Todes. Das kommt super rüber. Hey, da ist auch noch ein Foto drin.«

Er reicht Letty eine farbige, schon sehr ausgeblichene Fotografie. Drei Männer und eine Frau lehnen an einer hohen, weiß getünchten Wand. Die Jungs haben lange, das Girl hat kurze Haare. Siebzigerjahre. Letty sieht es an den Klamotten. Da kennt sie sich aus. Ausgestellte Hosen, schlammfarbene Parkas. Die junge Frau trägt einen dieser engen, kurzen Pullis aus jener Zeit. Zweihundert Prozent Lycra. Letty würde sich am liebsten gleich kratzen. Einer der Jungs hat eine Brille auf, runde Gläser, Metallgestell. Alle vier lachen in die Kamera. Ziemlich herausfordernd, findet Letty. Das Mädchen steht eindeutig im Mittelpunkt. Es hält Händchen mit dem bebrillten Typ.

Auf der Rückseite der Fotografie steht nur eine Zahl: 1974. Letty sieht sich die abgebildeten Personen noch mal an. Der Händchenhalter mit der Brille könnte Ziegler sein. Je länger sie das verblasste Foto mit seinen unwirklichen Farben ansieht, desto sicherer ist sie sich.

»Wir wollten uns ja ursprünglich ›Viererbande‹ nennen«, pustet Jérémy ihr ins Ohr, »aber ›Ritter des Todes‹, wow, was für ein Name!«

Letty hört gar nicht richtig hin. Sie wird nicht ganz schlau aus den Sachen, die sie gefunden haben, aber da ist ein Banküberfall und ein Toter. Sie muss nur eins und eins zusammenzählen. Oder eins und null. Null und eins. Das gibt immer noch ein Resultat. Sie ist sich jetzt definitiv sicher, dass dieser Ziegler Dreck am Stecken hat. Wahrscheinlich ist er einer der Bankräuber.

Jérémy jedoch wiegelt ab: »Hallo, Frau Detektivin, wo bleiben Ihre eindeutigen Beweise? Der Typ hat die Zeitungsartikel vielleicht einfach so als Buchzeichen benutzt. Alles Zufall! Und wenn er das wirklich ist auf dem Foto, dieser Ziegler, what the fuck? Und der Banküberfall, der ist doch schon längst verblichen, äh, verjährt. Und außerdem, hast du was gegen einen Banküberfall?«

Letty glaubt nicht an Zufall. Sie ist schockiert. Offensichtlich findet ihr Freund diesen Ziegler, den Typen, der ihre Mutter ins Verderben becirct, sogar noch sympathisch. Banküberfall, Todesanzeige, Foto, wie immer das auch zusammenpasst, da steckt Ungeheuerliches dahinter. Und Ziegler ist darin verstrickt. Punktum! Und das geht gar nicht mit Eva.

Jérémy versucht zu argumentieren, ohne Krach mit seiner Freundin zu riskieren: »Das bringt doch jetzt nichts, Letty, diesem Ziegler irgendwas anzuhängen. Deine Mutter ist mit ihm in Paris, und es geht ihr gut, glaub mir. Eva lässt sich doch nichts gefallen, die kann auf sich selbst aufpassen, sie ist doch eine starke Frau!«

Evas Tochter ist sich da gar nicht so sicher und sagt ihrem Freund ziemlich unschöne Dinge, worauf dieser beleidigt aus Zieglers Wohnung abzieht. Letitia nimmt die auf dem Schreibtisch liegende antiquarische Ausgabe von *Ritter des Todes*, steckt die Zeitungsausschnitte und das Foto zwischen die Seiten und stellt das Buch ordentlich zurück ins Regal.

Sie fühlt sich plötzlich gut. Euphorisch fast. Sie hat doch gewusst, dass etwas mit diesem Ziegler lusch ist, sie kann sich doch auf ihr Gefühl verlassen. Ihre Mutter ist zwar schon manchmal ein bisschen ein Hippie, aber sie wird angesichts all dieser Verdachtsmomente, die Letty ihr keineswegs vorenthalten will, in Gedanken kommen und zackbumm das Gitter, die Jalousie runterlassen. Eva ist empfindlich. Sie hat ihre Prinzipien. Bankräuber findet sie total das Letzte, das geht überhaupt nicht, Letty weiß das doch.

★

Ziegler ist nun den vierten Tag mit Eva in Paris. Es ist eine gewisse Ruhe eingekehrt in die fragile Beziehung oder vielleicht auch Notgemeinschaft zwischen ihm und ihr. Man hat sich arrangiert in der Erkundung der wunderbarsten Metropole der alten Welt. Es ist sehr frisch Ende März, die Sonne hängt schamlos strahlend im blauen Himmel, aber sie weigert sich, Wärme zu spenden. Deswegen müssen die langen Spaziergänge immer wieder mit Besuchen in Museen und Bars unterbrochen werden. Oder Eva und Ziegler fahren auf gut Glück mit der Metro herum. An der Station Château Rouge steigen sie aus. Er hat das zum Ende eines anstrengenden Besichtigungstages vorgeschlagen. Er will ihr die Hinterseite von Montmartre zeigen. Die Orte, wo die Touristen normalerweise nicht hinströmen.

Als sie die Treppe von der Metro-Station zur Straße hochsteigen wollen, schaffen sie das fast nicht. Eine Welle von Afrikanerinnen und Afrikanern, bepackt mit Kindern und Kram, will nach unten, rollt ihnen entgegen. Den schon sehr engen Eingang zur Metro blockieren zusätzlich solche, die ohne Ticket über die Eintrittsschranken hüpfen oder sich zu zweit durchdrücken. Eva erschrickt etwas, weicht nach links aus, prallt an die Wand und dann auf Ziegler. Der hält sie und spürt, dass sie gespannt ist wie eine Feder. Umbrandet umarmt stehen sie da. Ein heidnisches Durcheinander. Ziegler schiebt Eva voran. Endlich oben, biegt er mit ihr nach rechts ab, nicht links in Richtung Sacré Cœur, sondern ins Viertel namens Goutte d'Or. Es liegt auf der rechten Seite des Boulevard Barbès, dort ist eine andere Welt, dort ist Afrika, ein fremder Planet.

Ziegler merkt, dass Eva sich erneut verkrampft. Er registriert es mit leiser Genugtuung, ja mit Schadenfreude. Er hält sie fester, legt einen Arm um ihre Schulter, nimmt sie zu sich unter den intergalaktischen Schutzschirm. Sie flanieren durch Gassen, Haus an Haus, kleine Läden im Erdgeschoss mit allerhand merkwürdigen Waren. Das Fremde ist vor allem ein Duft. Afrikanische Getreide in Körben und Säcken, offen dargeboten, Wurzeln, Gemüse, Kochbananen, es riecht atemberaubend. Dazu gibt es Töpfe, Schüsseln, Haarteile, große Taschen und Stoffballen mit aufsehenerregenden Mustern. Dann sind da wieder Läden nur mit Handys, in denen viel und ausgiebig geredet und gestikuliert wird. Eindrucksvolle Frauen in prächtigen Tüchern. Finster blickende Männer. Glutäugige Zigarettenhändler, die drei oder vier Packungen als Ware haben. Frauen, die eine oder zwei zerknautschte Handtaschen feilhalten. Männer, die einfache, mobile Röstöfen mit Camping-Gas betreiben und, kaum ist es etwas wärmer, umstellen von heißen Maroni auf Popcorn. Wer nicht an den Markt glaubt, an die Macht des Konsums, der kann sich hier eines Besseren belehren lassen.

Um die nächste Ecke öffnet sich ein Freiluftkaufhaus, links und rechts der Straße sind Stände mit Obst und Gemüse, Fisch und Halal-Fleisch. Das sehe alles nicht so aus, wie sich der Schweizer oder die Schweizerin eine Metzgerei vorstellen, meint Eva und entwindet sich Zieglers Umarmung. Er lacht. Eva auch. Sie treiben durch das Menschengewusel. Ab und zu Körperkontakt. Lautes Hin und Her. Sie treiben dahin, stoßen zusammen, halten sich kurz, driften wieder auseinander, zwiefach eine Flaschenpost im fremden Meer.

Als sie dann über den Boulevard Barbès zurück in eher bürgerliche Gefilde kommen, bemerkt Ziegler, dass Eva aufatmet, als ob sie eine Prüfung bestanden hätte. Er wirft einen Euro in die Schüssel des Bettlers, der in der Rue Custine vor dem Supermarkt sitzt und sein Hündchen sorgsam zudeckt, jetzt, wo es langsam Abend wird. Das Almosen bringt Glück. Normalerweise. Sie gehen die Straße entlang und wollen via Rue Custine und Rue Caulaincourt zurück zu ihrem Hotel. Sie beobachten einen alten Asiaten, der mit einem Tapetenmesser vorsichtig die in Containern bereit stehenden Müllsäcke aufschlitzt und seine allfällige Beute in einem Hackenporsche birgt. Es gibt viel zu tun, denn in Paris werden die Container täglich geleert. Wenn ihm etwas Abfall zu Boden fällt, hebt der Asiate es auf und legt es säuberlich zurück.

Dann sieht Eva die Jugendstiltreppe, die als Rue Becquerel links den Berg, den Montmartre hinaufführt. Sie trippelt die ersten Stufen hoch und ruft: »Wer ist als Erster oben?«

Ziegler ist schon nach zwanzig Tritten atemlos. Er wirft alles nach vorne und holt Eva kurz vor dem Ende der Treppe ein. Keuchend steht er da, Eva lehnt sich an ihn. Mittlerweile hat sich die Dämmerung zwischen die hohen Häuser gesenkt.

Ein Schatten löst sich von einem Gebäude hinter ihnen.

»Vous avez du feu?«, fragt der Mann.

Ziegler verneint. Er sieht einen zweiten Schatten von vorn auf sich zukommen. Ein eher junger Mann, hellhäutig, Sportklamotten, unauffällig. Ziegler lächelt und hebt die Hände entschuldigend in die Höhe. Er dreht sich um. Eva steht zwei Meter entfernt hinter ihm. Der zweite Mann ist nun ganz nah bei Ziegler. Er sieht, dass der Typ ein Japanmesser in der Hand hält.

»Donnez-moi votre argent!«

Ziegler denkt immer noch über das Japan- oder Tapetenmesser nach. Wie gefährlich diese scharfen Klingen sein können. Er spürt sie auf einmal an seinem Bauch.

»L'argent!«

Ziegler muss plötzlich an Schott denken. Wie der jetzt in seinem viel zu knappen Anzug herumbrüllen würde: »Das ist ein Überfall. Hände hoch! Keinen Laut! Alles Geld in den Sack!« Er greift ganz automatisch nach seinem Portemonnaie, und weil er ein bisschen zittert, lässt er es fallen. Die Klinge ist weg von seinem Bauch, der junge Mann bückt sich nach der Geldbörse. Ziegler könnte ihn jetzt einfach umtreten und bewegt sich ein bisschen aus der Reichweite des Messers, da hört er Eva schreien: »Hilfe! Überfall! Aidez-nous!«

»Halt doch die Klappe, um Himmels willen!« denkt Ziegler ganz automatisch.

Da bricht Evas Stimme ab, ein hässlicher Ton, dann ist alles still. Schnelle Schritte. Die beiden Männer sind schon weg. Ein Fenster im Haus über ihnen geht auf. Jemand redet. Schreit. Ziegler versteht kein Wort. Eva liegt am Boden und bewegt sich nicht.

Dann sind sie in der Notaufnahme des Hôpital Bichat-Claude Bernard im Norden von Paris. Ziegler muss im Warteraum ausharren. Er ist kein leiblicher Verwandter. Vor allem nicht der Ehemann. Man hat ihn nur misstrauisch angeschaut, als er in gebrochenem Französisch seine Beziehung zur Verletzten zu schildern versuchte. Müsste er den Krankenschwestern tränenüberströmt und händeringend ein Programm bieten? Nach einem kurzen Blick auf Eva hat man ihn hinausgeschickt. Er muss in einem rundum verglasten Kabuff auf dem Stockwerk warten.

Ziegler sollte sofort Letty anrufen und sie über das Unglück ihrer Mutter informieren, aber er hat keinen Kontakt. Evas Handy ist verschwunden. So ist er immerhin kurzfristig davon entbunden, ihre Tochter zu benachrichtigen. Was um Himmels willen soll er ihr auch erzählen? Dass ihre Mutter im Koma liegt? Blödsinn. Es ist eine Gehirnerschütterung. Der zweite Bandit muss ihr eine übergezogen haben. Weshalb musste Eva auch so schreien? Das weiß man doch, dass man den Verbrecher nicht provozieren darf. Ziegler hat sein Portemonnaie auch schon wieder. Die Polizei hat es zwanzig Meter vom Tatort entfernt gefunden. Alle Karten sind noch drin, sogar das Kleingeld. Der Straßenräuber hat nur ein paar Scheine mitgenommen und dabei sogar den sorgfältig zusammengefalteten Hunderteuroschein übersehen. Und Evas Handy ist weg.

»Anfänger«, denkt Ziegler. Heutzutage ist der Verbrecher seinem Verbrechen einfach nicht mehr gewachsen. Er hat damals, in seinen jungen Jahren, immerhin fast 40 000 Kröten erbeutet. Auch wenn er nie einen Pfennig dieses Geldes gesehen hat, geschweige denn ausgeben hat können.

Aber er muss Evas Tochter doch irgendwie erreichen und informieren. Es wird sowieso endlose Probleme und Schuldzuweisungen geben. Vielleicht verliert Eva ihr Gedächtnis und kann sich nicht mehr an ihn erinnern. Möglicherweise bleibt sonst ein Schaden zurück. Wahrscheinlich hat die kleine Kröte dann das Gefühl, dass er, Ziegler, sich nicht tadellos und mutig genug verhalten, dass er sich nicht für Eva aufgeopfert hat, und hasst ihn fortan inbrünstig. Nun gut, das wäre kein großer Schaden. Letty verabscheut ihn sowieso schon.

Ziegler kratzt sich am Handgelenk und schaut im ebenso schmuck- wie hoffnungslosen Notaufnahmewartezimmer herum. Es juckt ihn auch in den Beinen. In den Füßen. Möglicherweise wäre es am besten, wenn er abhauen würde. Schnell und leise aufstehen, durch den langen Gang, raus aus dem Hospital, durch die großen Glastüren ins Freie und einfach weg. Wohin auch immer…

Ein blutüberströmter Mann wird von einem Sanitäter in einem Rollstuhl vorbeigeschoben. Der scheinbar Schwerverletzte singt aber ganz fröhlich aus vollem Hals, und wenn Ziegler sich nicht irrt, dann grölt der Typ die Internationale. »C'est la lutte finaaaale. Groupons-nous, et demain l'Internationale sera le genre humain«. Der Mann sieht allerdings so aus, als ob er gerade das letzte Gefecht gefochten hätte. Eine kleine graue Frau wieselt um ihn herum und müht sich, ihm das Blut abzuwischen oder irgendeine Blutung zu stoppen. Der rot eingefärbte Kerl lässt sich nicht beirren und singt lauthals weiter.

Ziegler juckt es plötzlich nicht mehr. Das letzte Gefecht gewinnen wir. Das war die Ansage, das war die Gewissheit. Sein Fluchtreflex ist plötzlich abgeschaltet. Sein letztes Gefecht ist hier, ein Kampf um Eva. Er fühlt sich furchtbar müde und lehnt sich im unbequemen Stuhl zurück. Er muss doch etwas unternehmen. Informieren. Soll er Letty ein

Telegramm senden? Gibt es das heutzutage eigentlich noch? Im Zeitalter der absoluten Verfügbarkeit und Anwesenheit ist ein Telegramm vielleicht nicht ganz zeitgemäß. Nein, Ziegler braucht Internet. Die Festnetznummer von Eva Schaub. Dort wohnt ja auch Letty. Ziegler beruhigt sich wieder. Er wird das im Hotel erledigen.

»Monsieur, votre amie…« Eine Krankenschwester führt ihn in Evas Zimmer. Er muss genau hinsehen. Sie liegt ganz klein in ihrem Spitalbett, den Kopf verbunden, nur das rebellische Haarbüschel schaut heraus. An seinem Herzen nagt jetzt doch stark eine Spitzmaus namens Sorge. Die Schwester legt den Zeigefinger an die Lippen und flüstert, dass es der Patientin wohl bald besser gehen würde. Die Untersuchungen hätten nichts Schlimmeres, keine Brüche ergeben. Eine Platzwunde am Hinterkopf sei genäht. Ziegler könne beruhigt nach Hause gehen, morgen sehe alles schon ganz anders und vor allem viel besser aus.

Er hofft, dass er das mitfühlende Statement der Krankenschwester richtig verstanden hat, und fährt mit dem Lift nach unten. In der Eingangshalle bleibt er stehen, durch sein strapaziertes Hirn blitzt der Gedanke, am Empfang eine Nachricht für Eva zu hinterlassen, in der er klipp und klar erklärt, dass er alles Menschenmögliche getan habe und keineswegs beabsichtige, sich auf Französisch zu verabschieden. Dann schüttelt er den Kopf, kratzt sich die Unterarme und verlässt das Hospital. Es ist schon spät, und Ziegler übernimmt dankbar ein Taxi, das eine Mutter mit einem hässlich weinenden Kleinkind auf dem Vorplatz angeliefert hat.

Im Hotel am Friedhof ist die Bar noch offen. Er ordert einen doppelten Cognac und dann noch einen. Danach geht er hoch ins Appartement. Auf der Toilette ist das Papier wieder blutrot. Halbherzig sucht er in Evas Sachen nach irgendeinem Kontakt mit Basel oder der Tochter. Aber da ist nicht mal ein Notizbuch. Er überlegt, was er Eva ins Krankenhaus bringen soll. Er holt ihr Necessaire aus dem Bad, schaut ins Nachttischchen und in den Kleiderschrank. Nur kurz wiegt er seine leere Reisetasche in der Hand, dann legt er sie wieder zurück ins Dunkle.

Letitia Schaub versucht noch am späten Abend, ihre Mutter in Paris anzurufen. Kein Kontakt. Wahrscheinlich macht sie mit diesem Ziegler herum. Der Teenager rümpft die Nase, zieht die Schultern hoch und schüttelt die Haare vors Gesicht.

Sie versucht es am anderen Morgen wieder, kurz bevor sie in die Schule aufbrechen muss. Wieder kein Kontakt! Das kann nicht sein, da stimmt etwas nicht. Letty wird unruhig, richtig panisch.

Ihr Vater ist Oberrichter am Zivilgericht. Sie hat ihn öfters schon als richtiges, als totales und ein paar Mal sogar als brutales Arschloch bezeichnet, als er einst ihre Mutter verließ, um mit der Frau seines besten Freundes zusammenzuziehen. Aber jetzt ist Letty nicht wählerisch. Diese Nullnummer von Vater muss ihr helfen. Sie wüsste auch niemanden sonst, an den sie sich wenden könnte.

Im Büro wird ihr beschieden, dass der Herr Oberrichter nicht da sei. Als sie sich als Tochter zu erkennen gibt, wird ihr beschieden, dass ihr Vater zuhause sei.

»Macht der voll blau am Freitagvormittag«, denkt Letty. »Wahrscheinlich muss er im nahe gelegenen deutschen oder französischen Ausland preisgünstig Lebensmittel und Heimwerkerzeug einkaufen.«

Die nicht mehr so neue Frau von Lettys Vater geht ans Telefon. Letty könnte schon wieder kotzen. Plötzlich findet sie diesen Ziegler gar nicht mehr so daneben. Wenigstens ist der nicht so eine grauenhafte Fehlkonstruktion der menschlichen Natur wie diese Pseudostiefmutter.

Dann ist ihr Vater am Apparat. Er klingt, als ob er gerade aus der Garage gekommen ist, wo er im Auto saß, in das er die Abgase geleitet hat, um Selbstmord zu begehen. Geschieht ihm recht, wenn's ihm schlecht geht, denkt Letty und nimmt sich dann doch zusammen.

»Mam gibt keine Antwort. Sie ist nicht zu erreichen übers Handy. Sie ist in Paris. Mit so einem Typen, einem ziemlichen Loser. Mam hat sich offensichtlich in den verliebt. Jetzt meldet sie sich nicht mehr. Der Typ ist vielleicht ein Verbrecher. Ich habe Angst, Pa!«

Ihr Vater brummelt schwer Verständliches, im Hintergrund keift eine Frauenstimme. Wenn sich Eva nicht bald melde, also bis heute Abend etwa, dann wolle der Vater auf jeden Fall bei der Kriminalpolizei vorstellig werden, ob irgendetwas Kriminelles diesbezüglich vorliege oder nicht.

Letty ist nicht allzu beruhigt, als sie den Kontakt zu ihrem Erzeuger abbricht. Vorstellig werden, von wegen, das ist dem doch völlig egal, was mit Mam passiert. So eine Nulpe! Wieso ist sie eigentlich in ihrem Leben nur von unfähigen Typen umgeben? Wieder versucht sie, ihre Mutter zu erreichen. Nichts!

Als sie ratlos und verzweifelt Jérémy anruft, meint der, dass ihr Vater ein richtiges Bullenschwein sei, von dem man überhaupt nichts Gutes zu erwarten habe. Dann würden halt sie beide sofort nach Paris abreisen. Kein Problem!

Letty schreckt vor so viel Tatendrang zurück. Außerdem hat sie am Nachmittag noch Schule. Also will sie erst noch mal versuchen, ihre Mutter telefonisch zu erreichen. Sie versucht es am Abend, viermal, fünfmal, ohne Erfolg. Ebenso wenig werden die diversen SMS, die Letty sendet, beantwortet.

Jérémy versucht sie zu trösten und vermeldet, dass anderntags der erste TGV nach Paris um 8.34 Uhr fahre. Sie träfen sich um Viertel nach in der Schalterhalle. Kleines Gepäck nur, die Tickets habe er bereits via Internet gebucht. Jérémy gibt sich sehr weltmännisch. Er habe genug in der Kriegskasse für diese Exkursion.

Letty erinnert sich daran, dass ihre Mutter beim letzten Anruf von einem Hotel beim Friedhof von Montkakerlake oder so ähnlich geredet hat. Dort müssen sie wohl hin. Dann ruft sie Jérémy noch einmal an, er solle doch herkommen und über Nacht bei ihr bleiben. Schließlich habe sie, und da muss sie endlich wieder einmal lächeln, heute Abend eine sturmfreie Bude. Dann überfällt sie wieder die Sorge um ihre Mutter. Ob das jetzt eigentlich so weitergehen wird, dass sie sich um Eva kümmern muss und nicht umgekehrt, wie es eigentlich sein sollte? Das verwirrt Letitia. Hilflos liegt ihre Mutter im Dschungel von Paris, umtanzt von schiefen Dämonen mit Halbglatze und Oberlehrerbrille. Letty rollen die Tränen über die Backen, sie schluchzt haltlos. Jérémy nimmt seine Freundin in die Arme und versucht sein Bestes, um sie zu trösten.

★

Die unehrenhafte Abreise aus dem Tessin, seine Flucht, sein Versagen bei der Rademachersuche, sie beschäftigen Ziegler sehr. Er erwartet jederzeit eine racheschnaubende Gerda oder ein Killerkommando in ihrem Auftrag. Sie verträgt es überhaupt nicht, verarscht zu werden, er weiß das nur zu gut. Er versteckt sich sogar ein bisschen, geht auf Geschäftsreise, gibt ein möglichst bewegliches Ziel ab. Als er wieder nach Hause kommt, ist ein in Intragna abgestempelter Brief in seiner Post. Gerda schreibt, dass sie von einem hundsföttischen Verräter nichts anderes erwartet habe, als dass er Hasenpanier zeige. Zuerst habe sie noch geglaubt, dass Rademacher ihn exekutiert habe. Aber dann sei ihr aufgegangen, dass er einfach nur Fersengeld gezahlt habe.

Ziegler wundert sich über Gerdas gepflegte Wortwahl. Hat sie dort unten etwas mit einem Deutschprofessor angefangen? Mehr hört er nicht.

Bis eines Tages spätabends, Ende 1986, sein Telefon klingelt. Er nimmt ab. Schweigen. Ein kleines Hüsteln. Er weiß sofort, wer auf der anderen Seite der Leitung ist. Sie schweigen mehr, als dass sie sprechen.

Gerda gibt keine Antwort auf Zieglers Frage nach Rademacher und der Jagd auf ihn. Sie fragt ihn stattdessen, was er denn für Pläne in der Zukunft habe. Sie seien jetzt doch schon nicht mehr so jung und irgendwie …

Er habe eigentlich keinen Plan A und auch keinen Plan B, meint Ziegler und lacht. Das sei nun überhaupt nicht zum Lachen, meint Gerda. Sie erzählt, dass sie sich entschlossen habe, im Tessin zu bleiben. Sie habe problemlos eine Arbeitsbewilligung bekommen und arbeite als Kellnerin. Wo, das gehe ihn nichts an. Für sie sei das eine vorübergehende Zukunft, bis sie sich einen neuen Plan ausgedacht habe.

Ziegler schüttelt den Kopf und seufzt.

Nun lacht Gerda und meint, dass sie ja immer noch die Beute vom Banküberfall als Plan C habe.

Ziegler erwidert, dass Rademacher die Kohle doch bestimmt längst verbraucht habe. Er spürt, wie Gerda bei der Erwähnung dieses Namens wütend wird. Er müsste auflegen. Diskussionen mit ihr kennen nur eine Siegerin. Aber er fragt dann doch, was sie da unten im katholischen Süden wolle? Obwohl dort, in Minusio, nicht weit von Intragna, Michail Bakunin gewohnt habe, fünf Jahre lang, vor über hundert Jahren. Sein Wohnsitz, die Villa Baronata, stehe immer noch und überhaupt sei das Tessin ja doch Zufluchtspunkt von allerhand Anarchisten und Lebensreformern gewesen …

In dem Moment, in dem Ziegler bewusst wird, dass er wieder ins Schwafeln gerät, legt Gerda auf.

Ein paar Minuten lang überlegt er, was er weiß von dieser Frau, die doch über einen längeren Zeitraum seine Freundin, seine intimste Begleiterin gewesen ist. Er hat keine Ahnung, was Gerda gemacht hat, bevor er sie an der Universität, im Seminar des reaktionären Professors, kennengelernt hat. Haben sie je über die Herkunft, die eigene Geschichte geredet? Sie waren vergangenheitslose Monster, als sie sich trafen, und ihre Zukunft war ein illusionsgesättigtes Projekt. Sie sind nie dazu gekommen, sich die Orte ihres Körpers zu zeigen, wo sie verwundbar waren, ihre

Achillesfersen, ihre Lindenblattstellen. War vielleicht auch gut so. Ziegler seufzt und reibt sich die Augen. Wie kann man sich eigentlich auf einen anderen Menschen einlassen, wenn man doch so wahnsinnig viel mit sich selbst zu tun hat? Man kennt den anderen nur als Momentaufnahme. Und weiß man mehr von Menschen, nur weil man mit ihnen intimsten Umgang pflegt? Muss man nachbohren, wenn der andere nichts von sich preisgeben will? Verhörmethoden anwenden?

Doch Ziegler hat ganz andere Sorgen. Seine beiden Tontechniker, diese undankbaren Schweinehunde, machen sich selbstständig und nehmen ihr ganzes Know-how mit. Das Imperium des Musikproduzenten Ziegler beginnt zu wanken. In der Ferne hört er die Schakale heulen. Es geht bergab mit ihm. Noch schneller, als er denkt und er damals von Pila nach Intragna hinuntergestiegen ist.

In einem Anfall von spätem politischen Idealismus tritt Ziegler 1988 den Grünen bei und macht auf parlamentarischer Ebene mit bei der Verbesserung der Welt. Es ist schrecklich. Er hockt in Parteisitzungen und muss sich mit ängstlichen Bürgern herumschlagen, welche die Welt und ihren Arsch mit Gesetzen und Verboten retten wollen. Wenn er zu einem theoretischen Monolog ansetzt, dann verziehen sich die Gesichter seiner Parteigenossen in namenlosem Horror. Anarchie ist nicht machbar, Frau Nachbar!

Ziegler weiß genau, dass noch düsterere Zeiten auf die Menschheit zukommen werden. Weil nämlich die Sozial- und andere Spezialdemokraten ab sofort genau gleich wie Reagan/Thatcher/Kohl regieren und geschäften werden. Und weil die Grünen nichts anderes als ihr Stück vom Regierungskuchen wollen. Und weil die vielen Linken, die es doch noch immer gibt, ohnmächtig zusehen und paralysiert auf ihre jeweilige politische Konjunktur warten werden, wohl wissend, dass diese nie kommen wird. Vor allem, nachdem der sogenannte real existierende Sozialismus zusammenfällt wie ein Kartenhaus.

Ziegler verliebt sich in die falsche Frau, vergisst über den alltäglichen Problemen aber wenigstens seine beruflichen Sorgen und seine verhaute politische Vergangenheit. Wider alle Vernunft heiratet er im November 1990, genau an dem Tag, an dem Margaret Thatcher als englische Premierministerin und Chefin der Konservativen zurücktritt. Nach fünf Jahren lässt er sich wieder scheiden. Seine Frau will Kinder, Ziegler lieber nicht. Auch sonst steht er endgültig vor einem Scherbenhaufen: Das Musikbusiness geht langsam verschütt, die Digitalisierung kommt.

Über den tödlichen Sturz von der Brücke in Lavertezzo liest Ziegler zufällig in der einzigen Schweizer Boulevardzeitung. Seit dem Versickern seiner politischen Ambitionen kauft er dieses Revolverblatt. Nun steht da, dass Ende Juni 1998 die allseits beliebte deutschstämmige Wirtin des Grotto »Mai Morire« tragisch verunglückt sei. Man habe ihre Leiche im Flussbett der Verzasca gefunden, unter der berühmten doppelbögigen Steinbrücke von Lavertezzo, dem Ponte dei Salti. Dieses denkmalgeschützte Bauwerk aus dem 17. Jahrhundert sei leider nicht speziell gesichert, deshalb sei dort ein Unfall gut möglich. Die Verzasca habe auch so wenig Wasser geführt, dass der Sturz auf die Felsen unvermeidlich gewesen sei. Die völlig zerschmetterte Leiche sei identifiziert worden. Ziegler liest den Namen der toten Grottowirtin, da steht nur Gerda W. Die Zeitung fällt ihm aus der Hand. Er verschüttet den Kaffee auf seine frische Hose.

Kurz entschlossen packt er zwei Unterhosen, ein T-Shirt und das Necessaire ein. Er löst ein Ticket nach Locarno und sitzt bald in einem Waggon der Schweizer Bundesbahnen, der ihn durch das Gotthardmassiv führt. Dass der Speisewagen kein Wasser mehr hat und also weder Tee noch Kaffee produzieren kann, stört ihn nun auch nicht mehr. Dass Gerda W. seine Gerda ist, scheint ihm klar. Sie ist tot, in ihrem verdammten Tessin. Von einer Brücke gefallen!

Die Behörden nehmen an, dass es ein Unfall war. Von Selbstmord spricht niemand. Das Begräbnis hat bereits stattgefunden.

Ziegler hat sich als alter Freund der Verstorbenen im Grotto »Mai Morire« vorgestellt. Offensichtlich ist Gerda die Geliebte des Wirts mit dem Namen Alvise gewesen. Der Mann ringt die Hände und bricht in Tränen aus, als Ziegler vorsichtig nachfragt. Er weiß einfach nicht, wie das passieren konnte. Ein tragischer, tragischer Unfall, povera Gerda. Sie habe seinen Ring getragen, noch im Tode. Poverissima Gerda. Die Leiche sei schrecklich zugerichtet gewesen vom Sturz. Diese elende Brücke!

Es hat niemand etwas gesehen und es gibt keine Spur eines am Unfall Beteiligten. Von Anfang an hat Ziegler an einen gewissen Krull oder Rademacher gedacht, der für den Todessturz verantwortlich sein könnte. Das Datum ist sehr auffällig. Vielleicht hat Gerdas Suche doch noch Erfolg gehabt, und die Situation ist außer Kontrolle geraten. In diesem verdammten Tessin kann alles passieren. Ziegler hat keine andere Erklärung für Gerdas Tod. Selbstmord hält er für ausgeschlossen. So viel weiß er von ihr, dass sie immer vibriert hat vor Lebenslust.

Ziegler macht sich noch einmal auf die Suche. Er fährt mit der Seilbahn nach Pila hoch und geht zu der ominösen Mühle, in deren Nähe er vor über zehn Jahren schon einmal war. Von weitem hört er bereits das fröhliche Kreischen von Kindern. Sie spielen in einem Plastikplanschbecken vor dem frisch renoviert aussehenden, malerischen Gebäude. Rademacher als später Familienvater? Das kann man nicht unbedingt ausschließen.

Zwei Frauen treten aus dem Haus, mit Tabletts voll mit Essen und Getränken. Sie geben freundlich Auskunft. Nein, hier gibt es keinen Rademacher, auch keinen Krull. Sie kennen niemanden, der so heißt. Sie sind zwei junge Familien aus der Deutschschweiz und haben das Haus für die Ferien gemietet, von der Gemeinde da unten.

Ziegler ist erleichtert. Er entschuldigt sich für die Störung und fährt wieder ins Tal. Er nimmt ein Hotelzimmer in Locarno, weil er noch einmal nach Lavertezzo will, an Gerdas Grab. Dann hört er am Sonntagmorgen die Kirchenglocken über den Lago Maggiore läuten. Er schaut vom Balkon. Da ist der See. Dunst tanzt zierlich über dem Wasser, kleine Gespenster, der Himmel ist weit und leuchtet ultramarin. Alles ist so überwältigend schön, dass er in Tränen ausbricht. Vielleicht weint er auch wegen Gerda oder auch nur, weil er selbst ein so armer Hund ist. »Wer hätte gedacht, dass das so gut tut, das Weinen«, denkt er unvermittelt.

Er blinzelt ins Blau und sieht die Möwen seelenruhig über dem Wasser dahinschweben. Das sind seine Gedanken. In seinem Kopf kreisen Erinnerungen und Zukunftsprospekte. Vielleicht ist die Geschichte nun zu Ende. Der Banküberfall. Das Geld. Möglicherweise hat er, Ziegler, aber auch das Phantom Rademacher auf sich aufmerksam gemacht. Wenn er richtig gerechnet hat, kommt es alle zwölf Jahre zu einem Todesfall. Der nächste also wird im Jahre 2010 geschehen. Bloß wer wird das Opfer sein? Es gibt nur zwei Möglichkeiten.

★

Am Freitagabend erwacht Eva in ihrem Krankenbett im Hospital im Norden von Paris und seufzt etwas, das heißen könnte: »Letty, hilf mir doch!«, aber sie hat nicht einmal genug Kraft, den Knopf für das akustische Signal zu drücken, bei dem eine Schwester herbeieilt. Zwei Stunden später kommt Ziegler ins Krankenzimmer, zum dritten Mal an diesem Tag. Diesmal lässt man ihn ohne Vorbehalte und Getue neben der Patientin sitzen. Er sieht nicht gut aus, er ist zerknautscht und zerknittert. Er hat schlecht geschlafen, ist viel zu früh im Hotelzimmer am Montmartrefriedhof erwacht. Er hat an die Decke gestarrt und konnte sich plötzlich nicht mehr bewegen. In seinem Körper waren alle Knochen zerschlagen und alle Muskeln und Sehnen gekappt. Sein Arsch war ihm abgefallen und sein Geschlechtsorgan hat ihn höhnisch aus einer Ecke angeschaut und gerufen: »Fang mich doch!«

Das passiert ihm immer häufiger in letzter Zeit, dass ihn sein Körper im Stich lässt und er einfach liegen bleiben und leiden muss.

Jetzt hat er schon einiges getrunken während des Tages, viel Alkohol auf den Fluchtreflex geschüttet. In einer Bar mit einer Inneneinrichtung original aus den Siebzigerjahren. Er hat an Eva denken wollen, aber ihm ist sein eigenes Leben dazwischengekommen. Das Interieur in Orange und Gelbbraun und der arschfeindliche Polymerüberzug der Barhocker haben ihn in die Vergangenheit katapultiert. Plötzlich musste er an diesen verdammten Banküberfall denken. Was für tollkühne Vollidioten sie damals waren. War es Mut oder war es jugendlicher Leichtsinn, dass sie mit Knarren in die Bank marschiert sind? Er wünscht sich, er könnte noch einmal so sein. So jung. So völlig hirnlos. So verwegen. Obwohl er sich damals fast in die Hosen gemacht hat.

Gerda, ja, die war stark, die war wagemutig, in jeder Beziehung. Nach wie vor hat Ziegler kein Unrechtsbewusstsein wegen dieses Bankraubs. Er ist sogar stolz auf sich. Es war eine historische Notwendigkeit. Außerdem hat er nie etwas von der Beute gesehen. Was Rademacher, der Dreckskerl, damit wohl gemacht hat?

Ziegler ist schlussendlich froh gewesen, dass das Geld weg war und sich das Problem so gelöst hat. Scheißgeld! Die arme Gerda hingegen, die ihren Anteil wollte ... Ach, Gerda! Die Gedanken an seine ehemalige Genossin und Freundin hatten Ziegler zu einem weiteren Cognac getrieben, worauf er nicht mehr versuchte, Letty oder sonst irgendjemanden im fernen Basel zu erreichen, um von Evas

Unglück, dem Überfall und all dem Ungemach zu berichten.

So steht also der zerknautschte, unrasierte Ziegler, das Hemd nur halb in der Hose, vor Evas Krankenbett und bemüht sich, seinen cognacschwangeren Atem zurückzuhalten. Hier ist er, er wird für Eva da sein, sich rührend um sie kümmern. Er spürt ihren Blick forschend auf sich, als würde sie überlegen, woher sie dieses krumme Stück Unglück und Elend namens Ziegler kennt.

»Weiß Letty etwas von dem Unglück?« Eva sagt es vier Mal hintereinander. Ziegler zuckt zusammen. Dann hebt er beruhigend die Arme. Sie, Eva, müsse sich keine Sorgen machen, alles sei in bester Ordnung, alles klar. »Klar wie unsichtbar«, fügt Ziegler stumm hinzu. Immer kommt ihm so Scheißdreck aus dem Werbefernsehen in den Sinn. Er konzentriert sich wieder auf seine Freundin, wenn sie es denn immer noch ist: Sie solle ganz ruhig sein, schön ruhig, damit sie schnell wieder ganz gesund werde.

Eva lässt sich die Hand halten und lächelt ihn an. Dann fragt sie nach ihrem Handy, sie müsse unbedingt Letty anrufen, dass es ihr schon besser gehe. Auch das sagt sie vier Mal, doch bevor sie noch weiter insistieren kann, fallen ihr die Augen zu.

Die Krankenschwester kommt und schickt Ziegler heim. Sie sieht ihn einigermaßen empört an, als sie seinen Alkoholatem riecht. Er stopft sich das Hemd in die Hose und sagt, dass er noch eine Stunde hier am Bett seiner Freundin sitzen bleibe.

Bitte sehr, meint die Schwester schnippisch, die Dame werde aber tief schlafen, weil sie ein Beruhigungsmittel bekommen habe, ein starkes. Irgendwann verlässt Ziegler das Krankenhaus.

Es ist Freitagabend und Paris explodiert vor Menschen. Humanoides Material, das hin- und hergeworfen wird, das sich scheinbar ziellos ausbreitet und zusammenschnurrt, dann wieder aufquillt, Plätze besetzt, Straßen verstopft. Tollkühn stürzen die Menschen sich ins Vergnügen, welches sie allüberall vermuten. Ziegler denkt einen Moment lang an die Kommune, die hier ganz in der Nähe Barrikaden gebaut hat. Die Kommunarden, die für ein selbstbestimmtes Leben gekämpft haben, gegen die Willkür der Großen und Mächtigen. Er denkt auch an die Französische Revolution. Solche Menschenmassen wie die, in der er sich mühsam bewegt, haben früher Könige gestürzt und geköpft. Früher. Zieglers Glauben an die solidarische Tat einer revolutionären Masse ist längst in einen Dornröschenschlaf verfallen. Manchmal denkt er, dass es von Anfang an eine immerhin notwendige Selbstlüge war.

Er schaut sich ein paar der Vorbeigehenden an, studiert ihre Gesichter. »Na gut, ja wirklich, die sehen fröhlich, erwartungsvoll, sogar leidenschaftlich aus. Auf was hoffen die wohl?«, denkt er sich.

Er ist ein alter, hypochondrischer Griesgram, das sagt ihm das jugendliche Glänzen in den Gesichtern der Gruppe von hübschen Frauen, die an ihm vorbeistöckeln. Ziegler überlegt einen Moment, ob er nicht zurück ins Krankenhaus gehen und um eine Notaufnahme bitten soll. Ein Bett in der Abteilung für unheilbare Miesepeter, auf der Abteilung für Menschen, bei denen das Haltbarkeitsdatum längst abgelaufen ist.

Er möchte jetzt gerne in seiner Wohnung in Basel sitzen, seine Bücher im Rücken, seine Musik neben sich. Seine Ruhe haben. Er ist dann mal weg! Jetzt sollen andere etwas machen, sich empören, eine Bank überfallen. Ziegler hat es hinter sich. Die schweren Jahre, 1974, 1986, 1998 und 2010, sie sind vorbei. Schotts Tod. Gerdas Tod. *Er* lebt. Der Bann ist gebrochen. Er hat das letzte Jahr unbeschadet überstanden.

Wahrscheinlich hat Rademacher statt seiner dran glauben müssen, ist irgendwo in der großen weiten Welt oder im Tessin krepiert. Bei einem Autounfall. Bei einem

Banküberfall. Egal was. Der Fluch lastet seit geraumer Zeit nicht mehr auf Ziegler.

Dass es jetzt, im Frühjahr 2011, Eva erwischt hat, ist ein Zufall. Damit hat seiner Vergangenheit nichts zu tun. Er wischt sich den Schweiß von der Stirn.

★ II ★

Harald Rademacher hat immer noch lange Haare. Weil das bei einem fast Sechzigjährigen und längst grau Gewordenen aber eher schütter aussieht, trägt er seine letzten Fransen stets gebunden, als strengen Pferdeschwanz. Er raucht immer noch seine zwei Päckchen am Tag. Man sieht es ihm an. Doch das kümmert ihn wenig. Rademacher steht morgens auf und sein Lachen über den neuen Tag geht schnell in Husten über. Diese Nacht hat er ausnahmsweise schlecht geschlafen. Bei den Nachbarn ist wieder Remmidemmi gewesen bis zur Dämmerung. Ihm ist nicht ganz klar, ob die Eheleute Gonzalez in der Wohnung nebenan ausgiebig Feste feiern oder ausgiebig streiten. Möglicherweise machen sie auch beides. Ein höllisches Gerumpel im Treppenhaus dann frühmorgens, hellhörig ist dieses klassische vierstöckige Wohnhaus am Boulevard de Belleville im 20. Arrondissement von Paris sowieso.

Rademacher steht gähnend in der Küche und hofft auf die Espressomaschine. Gestern Abend hat er gearbeitet, heute, Samstag, hat er frei. Die Einrichtung und die Wohnung gehören seinem alten Genossen Didier Héléna, der als Philosophieprofessor und Politiker in Frankreich recht bekannt geworden ist. »Der Hanswurst, der Lebenskunstkasperl!«, denkt Rademacher von ihm. Didier braucht diese Wohnung nicht mehr. Er ist nicht oft in Paris, und dieser Schlupfwinkel passt sowieso nicht mehr zu seinem Stil.

Und so hat Rademacher eine Wohnung, weil Didier in Sachen Lebenskunst und Weisheit unterwegs ist, wenn er nicht gerade wichtige politische Kommissionsarbeit leisten muss. Der Herr Professor tritt auch immer wieder im Fernsehen auf, in den Sternstunden oder wie das bei den verschiedenen Sendern heißt. Philosophie hier und Philosophie da, die alten Fragen nach dem Sinn des Lebens haben wieder Hochkonjunktur. Nur dürfen sie nicht die Verhältnisse in Frage stellen und auch an keinen Tabus wie dem Eigentum oder der Staatsmacht rühren. Die Postmoderne allerorten. Die Geschichte ist am Ende. Es geht nur noch um Lebenshilfe, wo doch die heutige Welt in unvereinbare Einzelteile zerfallen und alles so elend kompliziert ist. Man braucht einfach wieder ein paar Meisterdenker, welche die Welt interpretieren, aber ja nicht verändern wollen.

Rademacher hat nie verstanden, wie man sich für etwas Theoretisches und Hirngespinstiges, für etwas rein Gedachtes ohne jegliche Annäherung an eine Praxis interessieren kann. Diese ganze Denkerei nervt ihn. Er war, nein, er ist ein Mann der Tat. Der alte Kumpel Didier hingegen ist ein Hansdampf in allen einschlägigen Gassen und ein ziemlich cleverer Rosstäuscher, er gibt es sogar selbst zu. Seinen guten Freunden erzählt er auch von seinem altmodischen Zettelkasten mit einem Spruch für jede Gelegenheit. Von irgendetwas muss man ja schließlich leben. »Ich weiß nicht, was ich will, aber ich weiß, wie ich es kriege.« »Wer nicht arbeitet, dem geht es schlecht, egal, wie viel Geld er hat.« Solche Schlaftabletten zu verteilen, dazu hat Rademacher die Chuzpe nicht. Er verfügt auch nicht über das nötige Charisma. Und er könnte niemals ernst bleiben, wenn er solche Wahrheiten verkünden würde. Er würde sich totlachen. Vielmehr tothusten!

Die Espressomaschine will trotz Rademachers maschinenfingrigem Einfühlungsvermögen nicht gehorchen. Was da unten rauskommt, schmeckt nicht wirklich nach Kaffee. Daher macht sich Rademacher auf ins Bistro, ein paar Häuser weiter. Er schafft es knapp, keinen Cognac zum Espresso zu bestellen und blättert sich durch das Gratisblatt *20Minutes*. Sport interessiert ihn nur mäßig, Gesellschaftsklatsch überhaupt nicht. Auf der Pariser Lokalseite liest er von einem Überfall am Montmartre. Ein Schweizer Touristenpaar ist von Ganoven ausgenommen, die Frau niedergeschlagen und schwer verletzt worden. Rademacher legt das fadenscheinige Papier des Revolverblatts seufzend zurück und trinkt seinen Kaffee. Na ja, man muss schon aufpassen in der großen Stadt, in der rastlosen Metropole. Da geht es nicht so friedlich zu wie auf den grünen Matten und stotzigen Bergen und in den währschaft herrlichen Altstädten im Schwitzerländli.

Rademacher weiß Bescheid. Er hat dort gelebt, im Mittelland. Mittelland wie Mittelohrentzündung, Mittelstand oder Mittelmäßigkeit. Rademacher lacht hustend. Die Schweiz, die lässt einen nicht so einfach los. Er hustet lachend. Der Barkeeper schaut ihn besorgt an und wischt intensiv auf seiner Theke herum.

Die Schweizer seines Lebens! Ziegler, der war doch auch einer, fällt Rademacher plötzlich ein. Dass er den einfach nicht vergessen kann. Diese Nulpe, den anarchistischen Cheftheoretiker und Bankräuber wider Willen. Der und Gerda. Und Dings, Brock, Glock, nein Schott. Seine ehemaligen Genossen.

Ist das vielleicht beginnende Altersdemenz, macht sich Alois Alzheimers Entdeckung in seinem Hirn breit? So dass er in letzter Zeit immer wieder an die damaligen, längst vergangenen Geschehnisse denken muss, ja, sich geradezu schmerzhaft genau erinnert? Und sich schämt? Ein bisschen nur!

Jetzt braucht Rademacher doch einen Cognac. Nein, er geht nach draußen und raucht eine Zigarette. Dabei hustet er sich wieder die halbe Lunge heraus. Er müsste doch einmal zum Arzt, irgendetwas stimmt da nicht mehr mit seinem Atmungsapparat. Aber keine medizinische Untersuchung hier in Paris. Er wird deswegen in die Schweiz fahren, zu einem alten Genossen. Der ist Arzt und fragt bei ihm nicht groß nach Krankenkasse und so. In drei Stunden ist er mit dem Zug von hier aus in Basel. Ach, die Schweiz, diese Willensnation, dieses Ländchen, so unschuldig in der Mitte des Weltalls, so perfekt und vorzüglich, dass man sich scheinbar immer wieder fragen muss, ob es eigentlich wirklich existiert.

Rademacher blättert am Kiosk noch schnell in *Le Parisien*, einer Boulevardzeitung. Auch dort ist eine kurze Meldung vom Schweizer Paar, das am Montmartre überfallen worden ist. Es steht dasselbe da wie im anderen Revolverblatt, wahrscheinlich also der Text, den die Abteilung für Öffentlichkeitsarbeit der städtischen Polizei für die Medien herausgegeben hat. Es ist ja keine weltbewegende Nachricht, dass Schweizer zu Opfern wurden. Rademacher regt sich über die Nachrichten aus aller Welt auf und raucht dazu noch eine. Als er wieder schrecklich husten muss, beschließt er, so bald wie möglich zu seinem alten Genossen Doktor in die Schweiz zu reisen. Wenn er überhaupt noch so lange lebt. Rademacher lacht rasselnd, als er wieder ins Bistro tritt. Der Barmann und die recht subproletarische Besatzung des Lokals schauen ihn irritiert an, als er eine Infusion de Cynorrhodon bestellt.

★

Gerda Wagner sitzt nackt auf dem Rand von Rademachers Bett. Es ist mittlerweile drei Tage her, dass sie die Filiale der Kreissparkasse in Glonn überfallen haben.

Sie streicht sich die Haare hinter die Ohren. »Ziegler geht mir ziemlich auf den Wecker mit seinem Getue. Der hat grauenhaft Schiss. Wir müssen irgendetwas mit dem Geld machen, sonst dreht der durch und dann haben wir die Bullen am Arsch.«

Rademacher liegt da und raucht genüsslich. »Weiß Ziegler eigentlich, dass wir zusammen ins Bett gehen? Vielleicht ist er ja nur so zickig, weil er etwas ahnt. Der ist doch so kleinbürgerlich wie nur etwas.«

Gerda nimmt Rademacher die Zigarette aus der Hand und zieht zweimal heftig daran. »Das mit dem Besitzdenken ist ein bisschen Zieglers Problem. Es ist schon besser, wenn er von dem hier nichts ahnt. Aber der Bankraub, das Geld. Himmelarsch, wir haben unseren Hals deswegen riskiert. Irgendwie hab ich dumme Kuh gedacht, dass nach dem erfolgreichen Überfall gleich die Verhältnisse zu tanzen beginnen, dass wir Tausende von Nachahmern haben, die soziale Revolution marschiert und wir als Volkshelden auf Schultern getragen werden.«

Rademacher setzt sich auf und streicht Gerda über den Rücken. »Herrje, hast du das wirklich geglaubt? Vielleicht sollten wir die Aktion individualisieren und uns als Bonnie und Clyde aus dem Staub machen?«

In Gerdas Augen blitzt es auf.

Rademacher fährt fort: »Vielleicht sollten wir aber auch das Geld einfach der RAF übergeben. Die wissen am besten, was ...«

Gerda starrt ihn an, das Blitzen jetzt ist Zorn und Ablehnung. »Auf keinen Fall! Das sind alles verkappte Maoisten. Mit der Waffe in der Hand kannst du keinen Kampf gegen den Staat führen. Wenn schon, dann müssen wir die Leute überzeugen ...« Gerda hustet und gibt Rademacher den Glimmstängel wieder zurück. Rademacher drückt die Zigarette aus.

»Ich bin ja nicht auf der Brennsuppn dahergeschwommen«, denkt er. Er muss jetzt handeln. Er kennt Gerdas Tiervergleiche. Er ist auf keinen Fall der Fuchs, er ist der Wolf. Gerda ist eine Füchsin und Ziegler allerhöchstens ein Murmeltier. In Rademacher grollt auf jeden Fall jetzt gerade wölfisches Lachen: »Na gut, dann befreie ich euch von dem furchtbaren Druck, der durch das geraubte Geld auf euren kleinbürgerlichen Seelen lastet.«

Schnell steht er auf, bevor Gerda sich wieder zu ihm legt.

Mit dem roten Volkswagen fährt Rademacher direkt von der Gudrunsiedlung los. Allein. Das Geld liegt in einer Tasche neben ihm. Erstes Ziel Schweiz. Dort gibt es noch das absolute, hundert Prozent wasserdichte Bankgeheimnis. Aber je näher Rademacher der Grenze kommt, umso mehr saust ihm die Muffe. In Lindau reißt er den Volkswagen herum und fährt am Nordufer des Bodensees gegen Westen. Die Schweiz hätte er sonst, durch Bregenz fahrend, via Österreich erreicht. Dieses zusammengeschrumpfte Imperium ist Rademacher zutiefst suspekt. Er versucht lieber vom Baden-Württembergischen her in die Schweiz zu kommen. Das Geld in der Tasche auf dem Beifahrersitz lässt sich im Auto gut verstecken, aber die Pistole, eine kleine, fiese Glock, die er mit der Beute mitgenommen hat, die macht ihm Bauchweh. Es ist die Knarre, mit der Schott geschossen hat. Warum hat er das Ding bloß genommen? Aber wegwerfen wäre blöd. Er vergräbt die Pistole bei einem einsamen Wegkreuz in der Nähe von Bad Säckingen, er braucht das Ding vielleicht, wenn die Revolution doch noch nach Deutschland kommt.

Rademacher landet in Basel, in der Stadt am Rheinknie, die ihm wegen ihrer Grenznähe zu Deutschland und Frankreich sympathisch ist. Hier will er den Großteil der Beute auf verschiedene Konten verteilen. Zweitausend D-Mark behält er bei sich, als revolutionäres Darlehen. Als er am Basler Bankenplatz in einem der gewaltigen Steinkästen zur Bareinzahlung bereit steht, steht ihm plötzlich der Schweiß auf der Stirn. Wenn die Nummern der Geldscheine nun registriert sind? Aber in keiner der drei Großbanken, auf die Rademacher die heiße Kohle verteilt, gibt es Probleme.

Er steht in der Schalterhalle des Schweizer Bankvereins, wischt sich den Schweiß ab und schaut sich um. Nein, so eine Riesenbank hätten sie sich nicht getraut auszurauben. Da wären sie schon auf dem Weg vom buntbeglasten Tor durch die palastähnliche Eingangshalle hin zu den Schaltern zusammengebrochen, vor allem Ziegler. Das wäre ja praktisch Blasphemie gewesen, eine solche Kathedrale des Geldes zu überfallen.

Den roten Volkswagen lenkt Rademacher weiter nach Lörrach, der badischen Grenzstadt zur Schweiz, und lässt ihn dort vor der Raiffeisenkasse stehen. Das treue Vehikel wird den Weg zurück nach München-Freimann finden, wenn die Polizei sich seiner annimmt.

Dann kauft er sich ein Studententicket Richtung Süden. Im April des Jahres 1974 hat es in Portugal einen Militärputsch gegeben. Ganz anders als üblich kam er diesmal von der Linken. Das Movimento das Forças Armadas, in dem sich vor allem jüngere, linksstehende Offiziere versammelt hatten, übernahm unblutig die Macht im ausgebluteten Land. Weil die Soldaten in ihre nicht gebrauchten Gewehre rote Nelken steckten, wurde das Ganze auch die Nelkenrevolution genannt. Im übrigen Westeuropa hatte diese erfolgreiche Machtübernahme für ungeheures Aufsehen und in der linken Szene für gewaltigen Optimismus gesorgt. Endlich einmal ein klassenbewusstes Militär, das ein klerikalfaschistisches Regime zum Teufel jagte.

Gerda, Ziegler, Rademacher, Schott – sie alle hatten sich kurz vor dem Banküberfall schon überlegt, nach Portugal zu gehen. Was für eine Vorstellung, Seite an Seite mit den Arbeitern und Bauern zu kämpfen. So viel Optimismus war schon lange nicht mehr in den linken Kreisen Westeuropas. Internationale Brigaden formierten sich. Ein paar schafften es tatsächlich bis nach Lusitanien.

Rademacher geht bei Fuentes de Onoro über die von Francos Schergen schwer bewachte spanische Grenze nach Portugal. Er weiß von einem vom Militär eingerichteten Lager für die internationalen Weltverbesserer, mitten in Lissabon. Dort trifft er Genossen aus aller Herren Länder, unter anderen lernt er den etwas missmutigen Didier Héléna kennen, der von seiner trotzkistischen Gruppe von den Pariser Fleischtöpfen ins momentane Herz der Weltrevolution verschickt worden ist. Zusammen werden sie Richtung Süden, in den Alentejo, gefahren, auf einen riesigen Gutshof, den die Landarbeiter mit Hilfe des Militärs übernommen haben. Dort wird malocht, dass die Schwarte kracht. Erntezeit im Dienste der Selbstverwaltung. Am Wichtigsten aber ist es, Caracois, Weinbergschnecken, zu sammeln, eine Delikatesse. Die sind sozusagen das Bestechungsgeld, um sich mit den militärischen Beratern der Landkommune gutzustellen.

Früh erhebt sich Rademacher vom Strohsack, bevor die Sonne aufgeht. Die Schnecken kriechen in der Nacht die Pflanzen hoch, fressen und warten auf den Morgentau, bevor sie wieder zurückkriechen. Dann kann man die Kriechtiere von den Disteln oder mageren Sträuchern rund um die endlosen Maisfelder abpflücken wie überreife Früchte. Rademacher ist überwältigt von der Ruhe dieser frühen Welt, von der Schönheit der kargen Landschaft im Zwielicht – bevor dann die Sonne alles in ein gnadenloses Licht taucht und blendet.

Bald aber haben Didier und er die Schnauze voll vom Schuften im Dienst des ländlichen Proletariats. Dieser beschwerliche Weg zum Kommunismus ruft keine anhaltende Begeisterung bei ihnen hervor.

»Auch ein Revolutionär darf sich einmal erholen«, meint Didier apodiktisch. Sie hauen ab und verbringen den Winter bei milden Temperaturen an der südlichen Küste. Rademacher hat noch genug Geld. Die Nelkenrevolution hat sich beruhigt, ein gesamtgesellschaftlicher Umsturz ist nicht mehr in Sichtweite, es geht alles seinen bürokratisch-demokratisch-parlamentarischen Gang. Im März 1975 fahren die beiden Kämpfer zurück in Europas Mitte.

In den linken Informationsblättchen und internationalen Verlautbarungen liest Rademacher, dass das Engagement gegen den Bau von Atomkraftwerken auf dem Höhepunkt ist. Wyhl am deutschen Kaiserstuhl und Marckolsheim im nahen Elsass sollen Standorte je eines Atomkraftwerks werden. Es wäre das erste Mal seit den Bauernkriegen, dass sich wirklich das Volk erhebt, die ortsansässige Bevölkerung,

Wein- und Ackerbauern, kleine Leute, die Angst haben und sich nicht verarschen lassen wollen.

Rademacher merkt schnell, dass die Illusionisten der linksradikalen Gruppen es lange nicht geschnallt haben, um was es sich hier handelt. Ein Volksaufstand ohne Führung, ohne Avantgarde, das muss er sich ansehen.

Er und Didier betätigen sich in der Anti-AKW-Bewegung, jeder auf seine Art. Rademacher knackt den Dienstwagen eines Direktors der Badischen Kraftwerk AG, einen Mercedes, und fährt mit gestohlenen Nummernschildern Propagandamaterial gegen Wyhl herum. Sein französischer Genosse tritt mitsamt seiner trotzkistischen Splittergruppe in eine etwas größere links-grüne Partei ein, was den Beginn seiner politischen und auch wissenschaftlichen Karriere bedeutet. Denn von der kleinen radikalen grünen Partei wechselt er bald zu einer größeren und weniger radikalen grünen Partei, die dementsprechend auch mehr Pfründe zu vergeben hat. Didier hinterlässt Rademacher eine Adresse in Paris, wo er erreichbar sein wird, umarmt ihn und entschwindet in ein besseres Leben, das ihm, wie er beim Abschied kokett sagt, möglicherweise ein lebenslanges schlechtes Gewissen und eine frühe Herzattacke bescheren wird.

Rademacher lacht sich einen. Er wird sich nicht an eine politische Partei verkaufen. Er hat ja noch die Beute aus dem Bankraub, die kann er als großzügiges und unbeschränkt gewährtes Darlehen für ein Leben außerhalb von Gesetz und Ordnung betrachten. Er fährt mit dem Mercedes nach Lörrach und sucht einen einsamen Fleck am Flüsschen Wiese, das Richtung Rhein und Basel rauscht. Er setzt den ehemaligen Geschäftswagen des Kraftwerksdirektors zwei, drei Mal frontal an einen Baum, bis mit einem satten Bratzen auch die Windschutzscheibe splittert, als die Motorhaube zurückschlägt. Er lässt das Wrack stehen und geht fröhlich erregt zu Fuß, immer der Wiese nach, über die grüne Grenze in die Schweiz.

Am 1. April 1975 wird in der Nordwestschweiz, in der Nähe von Basel, ein hässliches, flaches Stück Land besetzt. Diese brachen Wiesen bei der Gemeinde Kaiseraugst stellen das Grundstück dar, auf dem ein Atomkraftwerk entstehen soll. Rademacher hat gerade ein paar Fränkli von einer Basler Bankfiliale geholt, um vielleicht nach Paris zu fahren, als er vor dem Centralbahnhof der Schweizerischen Bundesbahnen ein paar Langhaarige in regenfester Kleidung herumschleichen sieht. Er erkennt ein paar Genossen aus Wyhl. Mit großen Rucksäcken sitzen sie da.

»Ah, lueg do, der Rademacher!«, heißt es in breitem badischen Dialekt. Ganz klandestin wird ihm mitgeteilt, dass man auf Basler Verbündete warte, um sich nach Kaiseraugst zu begeben, wo man das AKW-Baugelände besetzen werde. Rademacher fährt mit, besetzt und harrt nur unzureichend bekleidet und zähneklappernd in einem Zelt im Schlamm aus. Immerhin werden so die illegal begonnenen Aushubarbeiten für das Atomkraftwerk be- und verhindert. Auch fünf Tage später regnet und schneit es immer noch, als eine friedliche Menschenmenge dort beschließt, kein AKW in der Nähe der Stadt am Rheinknie haben zu wollen.

Rademacher lernt bei dieser Kundgebung die Mitglieder einer Landkommune im Schweizer Mittelland kennen und lädt sich bei ihnen ein. Er findet dort sanfte Hügel, fruchtbares Land, grünes Gras, behäbige Bauernhöfe und zufriedene Ortschaften, deren Bewohner sich dennoch ständig bestohlen und bedroht von allem Fremden fühlen.

Die Produktionsgemeinschaft, in der Rademacher gelandet ist, betreibt einen mittelgroßen Bauernhof, etwas abseits der Gemeinde. Man bäckt Holzofenbrot und baut Biogemüse an. Drei Polizeirazzien in den Anfangstagen der Kommune haben weder Waffen noch Rauschgift zu Tage gebracht. Seither ist Ruhe. Waffenstillstand sozusagen. Mittlerweile verkauft auch schon der Laden der landwirtschaftlichen Genossenschaft im Ort das weitum geschätzte Holzofenbrot. Rademacher hat sich mit seinen Fähigkeiten bei widerspenstigen Maschinen als wertvoll für die Gemeinschaft erwiesen, nun zuckelt er mit einem klapprigen Renault Estafette in der Gegend herum und beliefert weitere Kundschaft im graugrünblauen Kanton mit Backwaren und Gemüse.

Ganze fünf Jahre lebt er in der Landkommune im Mittelland. Als man entdeckt, dass er den Wochenmarkt der Kantonshauptstadt Aarau dazu benutzt, um selbst angebautes Marihuana zu verkaufen, fliegt er raus. Es ist ein schwerer Verstoß gegen den Ehrenkodex der Landkommune, Drogen sind nur zum Selbstgebrauch da. Oder zum Verschenken. Nie zum Handel. Das ist schlimmer als Prostitution. Da ist die alternative Moral unerbittlich. Da gibt es keinen Handlungsspielraum. Man jagt Rademacher nach zwei äußerst emotionalen Sitzungen samt Seelenstriptease mit Schimpf und Schande aus der Landkommune.

»Ah, lueg do, der Rademacher, der zieht en jetzt!«

Er beschließt, wieder nach München zu gehen. Auf seinem Weg zurück hat er in Zürich noch eine Stunde Zeit, bis sein Zug in die Heimat fährt. So begibt er sich vor den Bahnhof, um dort eine Zigarette zu rauchen und sich ein bisschen umzusehen. Dort draußen raucht es auch, aber anders. Tränengas. Rademachers Augen brennen, er kann nicht mehr atmen, er versucht, wieder in den schützenden Bahnhof zu gelangen. Weg, nur weg! Er ist in eine der ersten großen Auseinandersetzungen zwischen der sogenannten Jugendbewegung und der Zürcher Polizei geraten. Rademacher verpasst den Zug nach München, weil ihn ein Gummigeschoss, ein zwei Kubikzentimeter großes, schwarzes, hässliches, hartes Ding, an der Wade trifft, so dass er vor Schmerz aufschreit und vorübergehend umsinkt. Er lässt sich von ein paar Jugendlichen, die sich Tücher vors Gesicht gebunden haben, aus der Kernzone der Auseinandersetzung helfen und nuckelt an der halben Zitrone, die ihm die Streetfighter gegeben haben, damit er seine Schleimhäute gegen das Tränengas imprägnieren kann. Vor ihm liegt Wasser, ein Fluss, der noch nicht See ist. Wasser, das müde ans Ufer schwappt, Blesshühner lachen ihn aus und ein paar Schwäne ziehen vorbei, ohne ihn eines Blickes zu würdigen.

Rademacher ist schon wieder in einer Revolte gelandet. Die Formen des Aufstands sind mannigfaltig. Auf der Suche nach einem aufregenden Leben haben sich in den letzten Jahren die Jugendlichen der ländlichen Schweiz in den Städten gesammelt, Treibholz an den Rändern der Gesellschaft. Rademacher kann sich gut vorstellen, dass vor allem in der größten Stadt der Schweiz die Verwirklichung des Wunsches nach Sex und Kultur, nach Partnerfindung und Gratisunterhaltung am wahrscheinlichsten scheint. Die Jugend ballt sich hier in Zürich zu einer großen, schweren, schwarzen Gewitterwolke zusammen. Forderungen wie Blitze. Wohnungen, Freiräume, Geld! Sonst Aufstand! Und wenn es nicht für Sex reicht, dann ist da immer noch die Kultur. Und umgekehrt. Aus allen Kellern bullern Punkrockbands. Ganze Leinwände werden mit großer Geste vollgemalt. Wildes Theater floriert. Aber auch die blanke, pure Lust am Stören des Spektakels und am Aufstand spielt bei den Unruhen eine schöne Rolle. Auch Rademacher macht es Vergnügen, sich mit den Autoritäten zu raufen. Ihm gefällt das unbestimmte, ambivalente Klima, das Räuber- und Gendarmspiel mit der Staatsgewalt.

Es gibt auch tatsächlich Ziele, für die es sich zu kämpfen lohnt. Das eine oder andere erreicht man sogar. Kurz existiert das Autonome Jugendzentrum, das aber bald von den harten Drogen übernommen wird. Dann werden Häuser besetzt. Rademacher passt immer schön auf, dass ihn die Polizei nicht erwischt. Er träumt von Autoverfolgungsjagden mit den Bullen und versucht sich sogar kulturell, indem er ein Ballett nach Melodien von Jimi Hendrix auf die Beine stellen will. Punkrock ödet ihn an. Es gelingt ihm aber nicht, einen Platz in der neuen kulturellen Szene zu finden.

Er setzt sich im Gefolge einer Buhlschaft ins Tessin ab.

Rademacher und seine Angebetete nehmen den nächstbesten Zug südwärts, verlassen das regnerische Zürich und kommen durch den langen Bahntunnel des San Gottardo in ein blitzblaues, sonnenschweres Tessin. Sie beschließen, vorerst nach Locarno und Ascona zu fahren. Sie haben beide vom Monte Verità gelesen, und der ruft sie nun.

Sie seien wie Emmy Hennings und Hugo Ball, meint die hübsche Buhlschaft, die aus ihrer Rolle als Sängerin in einer leber- und hirnzersetzenden Punkband aus Zürich flieht. Rademacher kennt sich da nicht so aus, aber er folgt der jungen Frau blind. Sie fahren über den Lago Maggiore nach St. Abbondio und suchen auf dem Friedhof das Grab des Dada-Erfinders und späteren Mystikers. Sie stolpern über das Gelände hoch über dem Langensee, küssen sich, finden aber keine letzte Ruhestätte von Hugo Ball.

Die Buhlschaft kennt ein kleines, tolles Restaurant vor der malerischen Pferdebrücke, dem Ponte dei Cavalli, unterhalb der Ortschaft Intragna. Dort kann man auch eine Ferienwohnung mieten. Rademacher liegt in der Herbstsonne, dann in der Frühlingssonne, dann will seine Angebetete wieder nach Zürich zurück, ihr ist es im Tessin zu langweilig. Rademacher will noch bleiben. So ruhig wie hier war er schon lange nicht mehr. Er ist nur ganz kurz traurig und begleitet die Schöne zum Bahnhof in Locarno. Dort kauft er die *Süddeutsche Zeitung* und liest im Feuilleton von der ersten großen Ausstellung des hoffnungsvollen Bildhauers H. D. Schott. Das Foto mit dem Künstler neben einem massigen Felsbrocken beweist ihm, dass es sich um keinen anderen als den ehemaligen Genossen Schott handelt, jenen, der so schön herumbrüllen konnte. Der Artikel haut ihn um, ihm kommen fast die Tränen. Der gute alte Schott! Die gute alte Zeit! Das alles ist doch noch gar nicht so lange her. Und was zur Hölle bedeuten die Initialen H. D.?

Er, Rademacher, hat noch Schulden bei seinen alten Genossen. Seit seinem kleinen Rauschgifthandel, dem er auch in Zürich treu geblieben ist, hat er das Geld aus dem Bankraub nie mehr angefasst. Da muss noch einiges auf dem Konto liegen. Vielleicht ist es ein Zeichen, dass er diesen Artikel über Schott gelesen hat, vielleicht ist jetzt die Zeit gekommen, die Beute aufzuteilen. Nur wie? Schott, den könnte er kontaktieren. Gerda, oje, an die denkt er nicht so gerne. Er hat immer noch so ein ungewisses Gefühl, dass sie ihn aus tiefster Seele hasst, weil er sie seinerzeit im Stich gelassen und verarscht hat. Gerda hatte stets etwas Endgültiges, Konsequentes, vielleicht auch Gewalttätiges, deswegen hat Rademacher immer Respekt vor ihr gehabt. Außerdem ist da noch Ziegler, der Paniker. Was macht der eigentlich heute?

Rademacher sitzt in milder Stimmung auf dem Balkon über dem Flüsschen, das durch diese magische Gegend fließt, und starrt auf die gewaltigen Felsbrocken, um die sich das Wasser geschickt windet und dabei ein eigentümliches Liedchen rauscht. Das wäre doch etwas für den alten Schott, die Steine dieser Gegend hier.

Eines Abends gerät Rademacher in ein feuchtfröhliches Gelage im Ristorante an der Pferdebrücke. Ein Bauunternehmer hat Geburtstag. Er lädt auch die auswärtigen Gäste ein. Aus einer Laune heraus gibt sich Rademacher den Namen Hardy Krull, Tourist aus dem deutschen Tauberbischofsheim. Er prostet fleißig zu und behauptet, dass er Lastwagenfahrer sei, aber momentan arbeitslos. Am übernächsten Tag kriegt er ein Jobangebot vom Bauunternehmer. Er solle doch im schönen Tessin bleiben und Maurer, Elektriker und Material chauffieren, bis ganz nach hinten in die Täler, wo sich des Nordens müde und sonnensüchtige Deutschschweizer alte Ziegenställe und Hütten zu komfortablen Ferienhäuschen umbauen lassen. Sein zukünftiger Chef ist in der richtigen Partei, bei den Christlichen Demokraten, und eine wichtige politische Figur in den umliegenden Talschaften. So hat ein gewisser Hardy Krull, ohne irgendwelche Identitätspapiere vorzuweisen, blitzartig eine Niederlassungsbewilligung und eine Arbeitserlaubnis. Rademacher zieht um in einen anonymen Vorort von Locarno, in ein Haus, das seinem Chef gehört. Die Adresse lautet Al vecchio mulin, Zur alten Mühle. Dann fährt der ehemalige Bankräuber Kilometer um Kilometer durch nahe und abgelegene Täler, er hört dem Surren und Sausen des Motors zu, weniger den ihm unverständlichen Witzen der meist portugiesischen Bauarbeiter. Ab und zu fährt er auch ins Centovalli und kommt durch Intragna. Rademacher kommt ganz nach hinten in die Täler, so weit die Straßen führen. Er wundert sich oft über diese schweizerische Abenteuerlust, einen ruinösen Ziegenstall hinten in einem Tessiner Tal umzubauen, eine Lust, die aber dann doch in gut gefügten Mauern, wohl abschließbaren Türen und sicheren Doppelfenstern ausläuft.

Er sitzt gerne im Auto und lässt die endlosen Kurven hinter sich, er sieht, wie die Kastanien reif werden, er übersteht die endlosen Regentage im Herbst. Klirrende und schöne Wintertage gibt es auch und einen Frühling, in dem die Natur richtig explodiert. So vergeht die erste Hälfte der 1980er Jahre und Rademacher hat die Zürcher Buhlschaft wie die alten Genossen bald wieder vergessen.

★

Wegen der Fußballergebnisse kauft Rademacher fast jeden Montag die *Süddeutsche Zeitung*. Er fährt deswegen weit herum im Tessin, manchmal bis nach Bellinzona, wenn es sein muss. Nach wie vor ist er Anhänger des TSV 1860 München, nie wird er sich dazu herablassen, den FC Bayern zu unterstützen. Auch wenn die Sechziger mittlerweile nur noch drittklassig sind, einmal Löwe, immer Löwe! Im Feuilleton liest er wieder von Schott, dem Bildhauer. Diesmal setzt er sich an den Küchentisch und beginnt einen Brief an den alten Genossen. Er schwärmt vom Tessin, gratuliert dem

Künstler zur Ausstellung und zur Karriere, versucht etwas ironisch zu erklären, warum er mit der Beute des Banküberfalls das Weite gesucht hat und schmeißt dann die vollgeschriebenen zwei Seiten in den Papierkorb. Beim zweiten Entwurf gratuliert Rademacher nur noch. Dann legt er den Brief zur Seite, vergisst ihn aber nicht und steht ein paar Tage später im Postamt von Intragna, um die arme Frau am Schalter so lange zu nerven, bis sie ihm via internationale Auskunft die Adresse jener Galerie herausfindet, von der Rademacher gelesen hat, dass Schott dort ausstellt. Nun lässt ihn die Sache nicht mehr los. Er hat den ersten Schritt gemacht. Ihm ist klar, dass weitere Schritte folgen müssen.

Rademacher nimmt Urlaub, fährt nach Zürich und hebt bei den drei Schweizer Großbanken jeweils Dreiviertel der Summe ab, die noch auf dem Konto liegt. Er will reinen Tisch machen und schmuggelt das Geld nach München. Schott stellt dort in einer schicken Galerie aus. Kunst wird gerade wieder zum Geschäft. Auch sonst macht sich die Herrschaft Helmut Kohls verstärkt bemerkbar. Rademacher erkennt das gute alte, etwas heruntergekommene München nicht wieder. So viele neue Häuser. Bürogebäude streben unverschämt dem weißblauen Himmel entgegen. So viel Pracht. Die Reichen werden noch reicher und die Armen entschwinden der öffentlichen Wahrnehmung. Dafür entsteht gerade das Privatfernsehen, damit die unterprivilegierten Massen schön zuhause und von der Straße wegbleiben können. So stellt Rademacher sich das vor.

Plötzlich bekommt er Hemmungen, Schott zu treffen. Was für eine Schnapsidee. Der ehemalige Genosse ist bestimmt noch immer so jähzornig, der alte Herumbrüller. Dem seine Riesenpratzen! Und wie dem der Schuss abgegangen ist damals in der Bank in Glonn. Außerdem ist Schott gerade dabei, ein berühmter Künstler zu werden, der braucht die Kohle ja gar nicht.

Dann muss er, Rademacher, auch noch Gerda und Ziegler finden. Vielleicht sind die zwei verheiratet und haben Kinder? Nein, das passt nicht zu Gerda. Ihm rollt eine einsame Schweißperle zwischen den Schulterblättern hinunter. Sie wird ihn töten wollen. Was tun? Ratlos stiefelt Rademacher durch die Münchner Innenstadt.

Im Kino am Sendlinger läuft die Actionfilm-Sensation aus den USA, *Terminator*. Ganz in Gedanken setzt er sich in den riesigen Kinosaal. Um ihn herum zappeln und zucken Teenager, die sich einerseits einen Scheiß drum kümmern, dass der Film erst ab achtzehn Jahren freigegeben ist und andrerseits ganz offensichtlich die Schule schwänzen. In diesem pubertären Lärm versteht Rademacher nicht viel vom Film. Dennoch ist er fasziniert von diesem Terminator, einer Maschine, die ohne jegliche Gefühlsregung Jagd auf Menschen macht. Rademacher gefällt es sehr, dass viele Motorfahrzeuge zu Schrott gefahren werden und dass in einer Diskothek mit dem Namen »Tech-Noir« ordentlich herumgeballert wird. Er erschrickt erst, als Arnold Schwarzenegger in den Zuschauerraum knurrt: »Ich komme wieder!«

Das ist doch sein Text. Rademacher steht vor dem Kino und sieht wehmütig der davonflatternden Jugend nach. Dann nimmt er sich zusammen. Sie sind Menschen, keine kaltblütigen Maschinen, sie sind Bewohner der Erde, die sich verständigen können. Er findet im Telefonbuch einen H. D. Schott und eine Nummer mit dem Vermerk »Atelier«. Dieses befindet sich draußen in Perlach. Rademacher fährt mit der S-Bahn dorthin. Gut hundert Meter weg vom alten senfgelben Bahnhofsgebäude steht eine kleine ehemalige Fabrik, in der Künstler wirken. Der wilde Steinbildhauer ist offensichtlich im Erdgeschoss tätig. Da stehen überall Felsbrocken herum, richtige Findlinge. Ein grauweißer Staub liegt auf allem. Man sieht Fußspuren hin zu einem Seiteneingang. Rademacher folgt den Spuren. Er kommt an blinden Fenstern vorbei und hört einen Kompressor pumpern. Ganz vorne steht ein Torflügel offen. Er geht näher heran und vernimmt plötzlich eine bekannte Stimme. Sie ist laut und ungehalten, und der erschrockene Rademacher erkennt sie sofort. Es ist die Stimme von Gerda.

Gefahr in Verzug! Rademacher versteht nicht, was Gerda schreit. Er sieht das bösartige rote Auge des Terminators aufleuchten. Jeden Moment hat er hier einen tödlichen Killerroboter im Nacken. Höchste Gefahr! Er ist schließlich nicht Kyle Reese. Er flüstert nur: »Ich komme nicht wieder!« Abrupt dreht er sich um und geht so schnell und so unauffällig wie möglich zurück zur S-Bahn-Station.

Dort wartet er ungeduldig auf die nächste Bahn nach München, als er Gerda plötzlich aus der Unterführung hochkommen sieht. Sie verfolgt ihn, sie ist eine Maschine. Sie schaut sich suchend um.

Rademacher springt in einen bereitstehenden Zug, der aber in die Gegenrichtung fährt. In der Pampa, in Höhenkirchen-Siegertsbrunn, steigt er aus. Am S-Bahnhof gibt es eine Stehkneipe, in der er nervös an einem Bier herumzuzelt. Er sieht auf einer *Bild*-Zeitung das Datum des heutigen Tages. Vor genau zwölf Jahren haben sie die Kreissparkasse in Glonn ausgeraubt.

Rademacher flieht mitsamt dem Geld zurück ins Tessin, zu seiner Existenz als Hardy Krull. Arbeit, harte Arbeit. Es gibt nichts Besseres, um die Vergangenheit zu vergessen. Er fährt nun oft ins Maggiatal, welches die östliche Grenze des Bauimperiums seines Chefs bildet. Er liefert Ziegelsteine, Zement und anderes Baumaterial mit einem Kleinlaster aus. Er fährt ins malerische Valle Bavona und das Valle Rovana hoch, wo am Ende des Tals ein großer Wintersportort geplant ist. Einmal geht es auch ins hinterste Valle Lavizzara. Unterwegs lädt Rademacher einen Anhalter ein, der eine merkwürdige Mischung aus Punk und Hippie darstellt. Sie kommen ins Gespräch, und der nur unwesentlich jüngere Typ erklärt, dass er aus Zürich sei und nach Fusio wolle, der letzten Ortschaft des Tales. Er habe Freunde, die dort in einer Wohn- und Arbeitskooperative leben würden. Er wolle diesen Scheißkapitalismus und die brave, repressive Schweiz hinter sich lassen und dort voll loslegen, die Früchte der Arbeit genießen und den Luxus ficken. Rademacher erinnert sich an seine Jahre in der Landkommune im Mittelland. Der Punkhippie hat dünne Ärmchen und raucht eine Selbstgedrehte nach der anderen.

»Weit wird der es nicht bringen in diesem kargen Bergtal, außerdem ist mir der Typ zu pathetisch«, denkt Rademacher. Aber als er in eine Parkbucht fährt, weil der Hippiepunk pinkeln muss, holt er zwei Tausendfrankennoten aus dem Handschuhfach und steckt sie in den Rucksack seines Mitfahrers. Er verbucht diesen Abgang vom Beute-Guthaben Zieglers. Genau an den erinnert ihn nämlich der Pinkler, der jetzt dahergespurtet kommt, als ob er Angst hat, dass man sich mit seinem Hab und Gut im Rucksack aus dem Staub macht.

Rademacher hat viel Geld im Auto, er wohnt ja praktisch in der Karre. Seinen Lohn, den er stets bar ausbezahlt bekommt, schmeißt er einfach ins Handschuhfach, wo auch eine gute Flasche Grappa liegt. Wenn er am Ende eines Arbeitstags alles ausgeladen hat, fährt er an einen besonders malerischen Ort am Langensee, schläft im Auto und begeistert sich am Sonnenaufgang.

Aber die vielen Kurven der Tessiner Täler werden ihm langsam zur Qual. Er sitzt stundenlang am Steuer und immer wieder stehlen sich diese Erinnerungen in seinen Kopf. Er hört Gerdas zornige Stimme in Schotts Atelier. Er sieht sie auf seinem Bett sitzen und rauchen. Hat sie auch mit Schott geschlafen? Das Tessin geht Rademacher zunehmend auf die Nerven, Täler, Natur, Menschenleere. Er kann zu schlecht Italienisch, um mit den Menschen hier richtig zu reden. Er ist zu viel allein.

Der Alkohol erscheint Rademacher je länger je mehr eine durchaus probable Lösung, er tröstet ihn über seine Lebensunlust und seine Existenzängste hinweg. Zuerst ist das selbstverständlich kein Problem, so ein Schlückchen zwischendurch oder ein halber Liter Merlot zum reichlichen Mittagsmahl. Und ab und zu ein Schnäpschen, ein feiner Grappa zum Espresso, ein Selbstgebrannter hier und dort.

Rademacher ist kein sozialer Trinker. In der Küche seiner kleinen Wohnung stapeln sich bald die leeren Flaschen. Er verträgt viel und redet sich im Laufe eines Abends gerne ein, dass das der letzte Schluck für heute sei. Dann kommt noch ein kleines Gläschen, dann der vorletzte Schluck, schließlich der allerletzte, und dann wäre es schade, wenn der Rest, das bisschen Wein da in der Flasche, so vor sich hin vergammelt.

Als er an einem schönen Oktobertag im Jahre 1986 Baumaterial durch das Centovalli fährt, sieht er mitten in Intragna ein Paar am Straßenrand stehen, eine Frau und ein Mann in seinem Alter. Sie warten unterhalb der Treppe zum Platz mit dem Campanile. Rademacher sieht das Paar nur kurz. Sie stehen unschlüssig da, der Mann bemerkenswert krumm und schief, die Frau hat sich auf eine ganz bestimmte Weise bei ihm untergehakt und trägt auffällig kurze Haare.

Siedendheiß fährt es Rademacher durch den Kopf, dass er die beiden nur zu gut kennt. Dann kann er ein paar Momente gar nichts denken und fährt mit dem Lieferwagen fast an ein Mäuerchen. Aber das gibt es doch gar nicht! Verfolgen sie ihn bis hierher?

Er fährt weiter, wie von allen Teufeln gehetzt. Zum Glück hat er immer eine volle Flasche im Auto. Kurz nach dem Ortsende hält er an, trinkt die Hälfte vom Roten direkt aus der Flasche und fährt weiter. Bei der nächsten Bushaltestelle dreht er um und steuert wieder zurück nach Intragna. Er kurvt die Kantonsstraße hoch und runter, er schaut in die Post und in die Salumeria, er fährt zum Bahnhof und geht zur Piazza hoch. Aber das Paar ist nirgends mehr zu sehen. Rademacher trinkt die Flasche im Auto leer. Möglicherweise, ja ganz sicher hat er sich getäuscht. Er stellt die Suche ein, denn er muss noch vor Ladenschluss in den Supermarkt, um seine Weinvorräte aufzufüllen.

Dann bekommt Rademacher Probleme mit der Sauferei. Der Bauunternehmer sagt, dass er einen betrunkenen Fahrer keinesfalls tolerieren könne, und fragt nach, ob es ihm nicht gut gehe? Ob es ihm an etwas fehle? Er wolle ja nicht missionieren, aber Krull solle es doch einmal mit einer Heiligen Messe versuchen und den Heiland um Rat fragen.

Rademacher hat zuerst Lust, in das lächelnde Gesicht seines Chefs zu hauen. Aber der meint es ernst. Irgendwie treibt einen dieses Tessin schon in den Katholizismus. Er wäre da nicht der Erste.

Rademacher nimmt sich vor, nicht mehr vor 18 Uhr Alkohol zu trinken. Aber der Herbst und der frühe Winter sind trüb und regnerisch. Sukzessive wird die Schonfrist heruntergesetzt, auf 16 Uhr, dann auf 14 Uhr. Je mehr er trinkt, desto mehr ist er auch davon überzeugt, dass dieses Paar in seinem Alter, das er in Intragna gesehen haben soll, ein Hirngespinst gewesen ist.

Auch ein harmloser Unfall im Onsernone-Tal stoppt Rademachers Alkoholkonsum nicht. Er verliert seine Arbeit, in der Wohnung Al vecchio mulin kann er noch länger bleiben, wenn er Miete zahlt. An Geld fehlt es Rademacher ja nicht. Dann sinkt das zeitliche Limit für den ersten Alkoholgenuss des Tages auf zwölf Uhr mittags. Ohne einen Drink macht er bald gar nichts mehr.

Als er den Winter übersteht, ohne gänzlich abzustürzen, weiß er, dass seine Tage im Tessin gezählt sind. Da können die Kirchenglocken noch so schön läuten, wenn er im Frühling auf den Uferwegen der Maggia und der Melezza entlangläuft, um den Alkohol auszuschwitzen und sich wieder etwas in Form zu bringen.

Rademacher fährt über Zürich nach Paris, er will Didier treffen, von dem er auch geraume Zeit nichts mehr gehört hat.

Es ist nicht schwer, das aufstrebende Multitalent ausfindig zu machen. Didier Héléna hat politische Karriere gemacht, mehr noch als eine philosophische, und dabei zwanzig Kilo zugenommen. Er ist persönlicher Referent eines Abgeordneten von Les Verts, der französischen Grünen, im Europäischen Parlament in Brüssel. Zufälligerweise ist er gerade in Paris.

Sie treffen sich in der Rue du Faubourg Montmartre im Restaurant Chartier, zwischen Touristen und Bankangestellten, Studenten und Hausfrauen hauen sie einen Tête de Veau hinunter und trinken einen Liter vom guten Beaujolais. Didier isst und trinkt unmäßig, sein gutes Aussehen ist in die Breite gegangen, aber er wirkt immer noch sehr auf die Damenwelt. Rademacher kann es auch hier bei Chartier beobachten. Außerdem trägt sein alter Genosse einen feinen Zwirn und statt der ausgelatschten Turnschuhe hat er rahmengenähte Lederschuhe an. Der persönliche Referent riecht auch ziemlich teuer, er ist eine Autorität, er beherrscht den Raum um sich herum. Rademacher kommt sich neben ihm vor wie ein armseliger Bittsteller.

Didier schimpft ihn aus, dass er sich nicht konkreter in die Politik eingeklinkt habe. Gerade die Grünen würden doch Leute mit ihrer Erfahrung benötigen. Leute, welche die Kämpfe gegen den Imperialismus und die Atomkraft mitgemacht hätten, die wüssten, wo der Feind sitzt, die sich durchsetzen könnten und alle Ränke und Winkelzüge der politischen Auseinandersetzung aus dem Effeff beherrschten.

Rademacher fragt sich, ob sein alter Kumpel nicht schon längst genau an jenem Ort Platz genommen hat, wo der eben diesen Feind vermutet. Aber er will jetzt keinen Streit und keine Diskussion über das Thema: »Was ist heute noch links?« Es tut Rademacher ganz einfach gut, privat und ohne Herausforderung in der Aura des angehenden Europaparlamentsabgeordneten zu sitzen.

Didier bestellt noch eine Flasche, er pichelt nicht wesentlich weniger als sein alter Freund. Und er hat eine Wohnung am Boulevard Belleville, die er schon länger nicht braucht. Die Europäische Union zahlt ihm ein Hotel, wenn er in Paris ist. Rademacher erfährt, dass es eine kleine, miese Bleibe ist, von früher halt. Er bekommt einen Zettel mit dem Code für die Haustür. Der Schlüssel lagert bei den Nachbarn, bei Familie Gonzalez. Didier rollt mit den Augen und faltet seine zarten weißen Hände.

Also wohnt Rademacher ab Mitte 1987 in Paris. Er heißt nicht mehr Hardy Krull und überlegt sich amüsiert, ob er sich François Hardy nennen soll, aber es wird wohl besser sein, wenn er hier unter seinem richtigen Namen lebt. Der große Didier mit seinen vielfältigen Beziehungen und Verbindungen wird das mit dem Aufenthalt in der Stadt des Lichts schon für ihn regeln.

Rademacher hat die tägliche Erstaufnahme von Alkohol wieder auf 18 Uhr legen können und hält das konsequent durch. Manchmal ist der Wunsch nach einem kleinen Roten oder großen Weißen aber so gewaltig, dass er aus der kleinen Wohnung im 20. Arrondissement fliehen muss. Dann stiefelt er durch Paris, von Osten nach Westen, von Norden nach Süden. Wenn er müde ist, setzt er sich in einen Bus und lässt sich herumfahren. Ins futuristische Neubauviertel La Défense etwa, wo soeben La Grande Arche offiziell eröffnet worden ist. Rademacher denkt »La Grande Arsch« und setzt seine Expeditionen weiter fort. Es sind wundersame Entdeckungsreisen in abgewrackte Viertel und in teure Neubauquartiere, von Etoile bis Stalingrad, von den Vorstädten zu totgewohnten Prachthäusern auf der Seineinsel. Er steht vor Dior und Gucci in der Rue de Montaigne ebenso wie vor Ali's Halal-Metzgerei an der Rue Myrha. Oder er lässt sich von konsumfreudigen Menschenmassen durch die Filialen des Billigwarenhauses Tati treiben. Aber er widersteht den verführerisch geöffneten Bistros und Bars. So verliebt sich Rademacher in diese Stadt und vor allem in ihre enorme Vergangenheit, die dem Wanderer trotz aller Säuberung und Gentrifizierung immer noch auf Schritt und Tritt begegnet. War eine Barrikade in der Rue Myrha während der Kommune nicht sehr umkämpft, hatte an der Rue Ordener nicht die Bande à Bonnot ihren Schlupfwinkel? Das waren die ersten motorisierten Bankräuber, selbstverständlich alles Anarchisten. Man nannte sie damals die Automobil-Apachen. Rademacher fällt das gerade wieder ein. Wer hat ihm das schon wieder erzählt? Ziegler natürlich! Der Kraftwagen war der Vorteil der Bonnot-Banditen, denn die französische Polizei hatte so um 1912 herum noch keine Autos. Rademacher wirft sich stolz in die Hühnerbrust, lauscht auf quietschende Reifen und das Knallen von Fehlzündungen, während er die unwirtliche Straße im Norden von Paris entlanggeht. Genossen! Dann lacht er über sich selbst. In seinem Erinnerungsvermögen werden größere Gebiete wieder lebendig. Geschichten fallen ihm wieder ein.

Im Petit Palais, dem Musée des Beaux-Arts de la Ville de Paris, ziemlich genau zwischen Louvre und Arc de Triomphe, setzt er sich vor das Porträt von Pierre-Joseph Proudhon, dem anarchistischen Wirtschaftsspezialisten. Rademacher erinnert sich daran, dass der Name oft in der Wohngemeinschaft in der Ohmstraße gefallen ist. Ziegler führte ihn gerne im Mund. Proudhon habe dies und das gesagt, man müsste ihn doch mal genauer lesen, obwohl er als anarchistischer Kleinbürger gelte, man müsste dennoch dieses und jenes von ihm studieren, das für die heutige Ökonomie bedenkenswert wäre.

Rademacher erschrickt vor der Klarheit dieser Erinnerung. Er sieht Ziegler gestikulieren und Gerda, die ihm zublinzelt. Wie sie da sitzen, um den zerschrammten Küchentisch, jeder auf seine eigene Art. Gerda gespannt und gerade auf einem Hocker, Schott, der verkehrt herum auf einem Stuhl sitzt und seine Riesenpratzen knetet, Ziegler, der mit dem Stuhl kippelt und redet und dabei herumfuchtelt. Und er, Rademacher, der sich am Tisch festhält, wo sein Bierglas steht. Sakrament! Paulaner, das Bier, das er damals immer getrunken hat. Er schmeckt es plötzlich, kann sich genau erinnern, wie wohlig es ihm die Kehle hinuntergeflossen ist.

Rademacher schluckt und konzentriert sich wieder auf das Bild von Proudhon. Es war ihm stets ein gelindes Grauen, die Klassiker zu studieren, sie in Gruppen unter Anleitung zu lesen, diesen anarchistischen Staub aufzuwirbeln. Er war Netschajewist, punktum! Er brauchte nicht so viel geschriebenes Wort. Aber die Proudhon zugeschriebene Aussage »Eigentum ist Diebstahl«, daran kann Rademacher sich erinnern, das hat ihm gefallen. Er nimmt sich vor, eine gut lesbar geschriebene Zusammenfassung des Werks des anarchistischen Klassikers zu besorgen, um doch noch irgendwann einmal etwas Theoretisches zu lesen und nicht allzu früh zu verblöden.

Das wunderbare Gemälde im Petit Palais hat Gustave Courbet gemalt: Der stolze Vater Proudhon mit seinen beiden kleinen Töchtern. Der Denker sitzt ein bisschen unbequem auf einer Treppenstufe vor seinem Haus, mit skeptischem Blick, umgeben von Büchern und Schreibzeug. Hinter ihm beschäftigen sich seine beiden Töchter, die jüngere mit Erde und Sand, die ältere malt oder schreibt schon fleißig.

Rademacher denkt plötzlich an eigene Kinder. Kruzifix Halleluja, das hat er glatt verpasst. Sein Leben wird für immer unvollständig sein. Er sitzt da, ignoriert weiterhin die hübsche Bar des Museums und schaut sich Proudhon und seine Kinder lange an. Er wird ganz ruhig. Ab und zu schieben sich Touristen als Hindernisse in sein Blickfeld. Er durchbohrt sie mit Blicken und sieht weiter die absolute Harmonie, die malerische Perfektion dieses Gemäldes. Träumt davon, an Proudhons Stelle zu sitzen. Er, Rademacher, und Kinder. Unglaublich! Ihm kommen die Tränen. Courbet wird zu seinem Lieblingsmaler.

Rademacher hat sich bei einem brummeligen Antiquar *Was ist das Eigentum?* von Proudhon besorgt. Viel liest er nicht in diesem Buch. Vielleicht den Anfang: »Wenn ich auf die Frage: ›Was ist die Sklaverei?‹ kurz antwortete: ›Sie ist Mord!‹, so würde man meinen Gedanken sogleich verstehen. Mit wenigen Worten könnte ich zeigen, dass die Gewalt, welche die Gedanken, den Willen und die Persönlichkeit des Menschen knebeln, eine Gewalt auf Leben und Tod ist und dass somit ›einen Menschen versklaven‹ gleichbedeutend ist mit ›ihn morden‹. Warum also kann ich auf die Frage: ›Was ist das Eigentum?‹ nicht ebenso gut antworten: ›Es ist Diebstahl!‹, ohne allgemein unverstanden zu bleiben? Und doch ist dieser zweite Satz nur die Umschreibung des ersten.«

Das reicht Rademacher vorerst an Erkenntnis. Er beginnt in Paris nach Bildern von Courbet zu suchen. Er erfährt viel über den Maler und seine Beteiligung an der Pariser Kommune. Vor allem die Geschichte um die von den Kommunarden gestürzte Vendôme-Säule gefällt ihm. Courbet wurde als Präsident der Republikanischen Kunstkommission nach der Niederschlagung der Kommune von den siegreichen Reaktionären für diese Aktion verantwortlich gemacht und sollte die Kosten für die Wiederaufrichtung der Säule aus seinem eigenen Sack bezahlen. Es handelte sich um einen Betrag von mehr als 300 000 Francs. Da ihn das ruiniert hätte, floh Courbet in die Schweiz, an den Genfer See, wo er bis zu seinem Tod blieb.

Ach, denkt Rademacher, die Schweiz, immer diese Schweiz, das bevorzugte Ziel für eine Flucht. Er reist öfters nach Basel und erleichtert die Bankkonten. Er alimentiert sein bescheidenes Leben aus der Beute des Bankraubs. Das Geld wird langsam aber sicher weniger.

Am 21. November 1990 wird in Paris das Schlussdokument der KSZE-Sondergipfelkonferenz von 32 europäischen Ländern, den USA und Kanada unterschrieben. Die Staats- und Regierungschefs der Teilnehmerstaaten erklären die Spaltung Europas für beendet, verpflichten sich zur Demokratie als einziger Regierungsform und sichern ihren Völkern die Gewährleistung der Menschenrechte und Grundfreiheiten zu. Die sogenannte Charta von Paris dokumentiert das Ende der Konfrontation der Nachkriegszeit und der Teilung Europas.

Rademacher liest es in der Zeitung. So schnell marschiert die Geschichte über einen hinweg. Er trauert den alten Zeiten mit zwei nicht allzu billigen Flaschen Côtes-du-Rhône nach. Etwas Feineres kann er sich nicht mehr leisten, aber Eliane, die er oft im Waschsalon an der nächsten Ecke trifft, lässt sich dazu und zu einem Abendessen einladen. Rademacher hat Pain Perdu gemacht, das perfekte proletarische Mahl. Zwei, drei Tage altes Weißbrot oder Semmeln in Milch und Ei eingelegt und in Butter gebraten. Danach mit Zimt und Zucker bestreut oder zu Kompott, ein Gericht wie die Revolution, süß und sättigend. Gegen Ende der zweiten Flasche Rotwein überkommt Rademacher der Drang, Eliane alles genau zu erklären.

»Weißt du, *ma chérie,* was nach diesem Zusammenbruch der monotheistischen Blöcke kommt? *The winner takes it all.* Jetzt ist die Stunde der Raubtiere angebrochen, es beginnt die ungebremste Liberalisierung und Privatisierung. Der Markt ist Gott, die Banken, die das alles finanzieren, sind seine Erzengel, auch wenn sie auf tönernen Füßen stehen. Globalisierung. Die alte Jauche aus Manchester in neuen Schläuchen. Das soziale Leben wird mit Dünnpfiff und Pannen überhäuft, wenn sich die Absahner bis dahin staatliche Leistungen wie Post, Bahn, Wasser oder Strom unter den Nagel reißen. Das beschäftigt die Menschen dann, so dass sie nicht auf die Idee kommen, sich zu empören. Und hereinbrechen wird nicht nur die Diktatur des Marktes, die ökonomische Liberalisierung, sondern auch die gesamtmenschliche Privatisierung. Wenn die Außenwelt zusammengebrochen ist, wenn diese Sphäre noch vor dem Neuen in Schutt und Asche fällt, dann wird internalisiert. Dann geht es nach innen, dann ist alles plötzlich nur noch ein persönliches Problem. Dann schlägt die Stunde der Therapeuten.«

Er redet in Zungen. Er ist hellauf begeistert von der Stringenz seiner Gedanken und holt tief Atem.

»Meine Außenwelt ist vor Jahrzehnten zusammengebrochen, deswegen ist das bei mir längst Normalzustand. Deswegen brauche ich auch keine Therapie. Ich bin jetzt 38 Jahre alt, verstehst du? So wie wir hier mit unmäßigem Alkoholgenuss dem Sieg des Kapitalismus begegnen, uns in rosarote Weinwatte packen, so geht das eigentlich nicht. Noch herrscht ein gewisser Optimismus vor, dass die guten Seiten und guten Menschen des Sozialismus das kapitalistische System im richtigen linken Sinne beeinflussen werden. Aber diese Hoffnung teile ich nicht, *ma belle,* ich weiß, wovon ich rede. Ich war ein Kämpfer, ein Fighter, *un bandit social.* Nimm doch noch ein bisschen von dem Pain Perdu, das ist das einzige Gericht, das ich kochen kann.«

Er nimmt den letzten Schluck direkt aus der Flasche, schüttelt heftig den Kopf und versucht, sein reizendes Gegenüber zu fixieren.

»Ich war ein Bankräuber, aber das darfst du keinem sagen, klar? Dass mit einem Banküberfall die Welt nicht zu verändern ist, habe ich schon immer gewusst. Das Geld korrumpiert zwangsläufig den Räuber, deswegen bin ich dann auch abgehauen mit der Beute. Damit dieser Schweizer, dieser Ziegler, nicht irgendeinen Scheiß damit macht. Diesen faktischen Austritt aus der Gesellschaft, *mon choux,* den habe ich nie bereut. Ich hätte die Autowerkstatt meines Vaters übernehmen können oder nach erfolgter Hochschulausbildung Ingenieur in einem Unternehmen werden, welches mich im Laufe der nächsten Jahrzehnte wie ein Stück Ware von einer Produktionsstätte zur anderen geschickt hätte, so lange, bis ich als viel zu teure Arbeitskraft entsorgt worden wäre. Da privatisiere ich lieber in Paris, der Stadt der Liebe. Überhaupt, Eliane, ich möchte ein Kind von dir.«

Doch die hübsche Bekanntschaft ist längst in ihrem Sessel eingenickt und schnarcht ganz entzückend.

Didier Héléna meldet sich selbstverständlich auch zum Zustand der Welt und schwafelt am Telefon etwas von Postmoderne, vom Verschwinden der totalisierenden Systeme und der Umorientierung der eigenen Politik, aber Rademacher interessiert eigentlich nur, ob er weiter in der Wohnung am Boulevard de Belleville wohnen kann. Er weiß nicht so genau, was er jetzt machen soll. Er hat überall den Anschluss verpasst. Der letzte Zug ist jeweils längst hinter dem Horizont verschwunden. Eliane scheint seit Neuestem einen anderen Waschsalon zu frequentieren. Wieder kommt ihm das bürgerliche Glück in den Sinn. Kinder, Familie. Er findet die neue Telefonnummer der liebreizenden Zürcher Buhlschaft heraus. Als er anruft, erwidert eine Kinderstimme, dass die Mama gerade nicht zuhause sei.

★

Rademacher hustet ausgiebig und sieht sich im Gare de Lyon um. Ständig wird hier umgebaut und die Serviceeinrichtungen befinden sich an einem neuen Platz. Er sucht einen Schalter, wo er sein Ticket nach Basel lösen kann, um sich dort demnächst die Lunge abklopfen zu lassen. Sein Handy klingelt, Didier ist dran. Er komme in nächster Zeit nach Paris. Keine Angst, die Wohnung in Belleville brauche er nicht, Rademacher könne dort bleiben. Aber Didier würde ihn gerne treffen. Er käme mit seiner zukünftigen Frau und würde sie ihm gerne vorstellen. Rademacher stöhnt auf. Dieser alte Bock! Wahrscheinlich hat er wieder eine halb so alte Ex-Studentin aufgerissen. Er gratuliert gemessen, aber Didier lacht nur lauthals. Rademacher werde sich wundern, was für eine tolle Frau er getroffen habe.

»Eine Philosophin?«, fragt Rademacher nur mäßig interessiert und kämpft einen Hustenreiz nieder.

»Eine Philosophin der Tat, in der Tat!«, erwidert Didier etwas pathetisch und verkündet, dass er den genauen Termin seiner Parisreise noch durchgeben und man sich dann bestimmt im Bistro de l'Estrapade treffen werde.

Rademacher findet endlich den richtigen Schalter, wo es Tickets für den Train de Grande Vitesse gibt. Zwei Teenager stehen vor ihm in der Reihe. Sie unterhalten sich sehr gereizt, werfen einander mit gutturalen Lauten Worte an den Kopf. Das ist Schweizerdeutsch, erkennt Rademacher. Die beiden jungen Menschen scheinen gänzlich ratlos und kurz davor, sich ernsthaft zu streiten. Sie sind genau in dem Alter, in dem Rademachers Kinder heute wären, wenn ... ja, wenn! Ihn überrollt eine Welle der Sentimentalität, dann der Hilfsbereitschaft. Er räuspert sich und fragt in seinem etwas eingerosteten Deutsch, ob er helfen könne. Der ihn verwirrt anblickende Jüngling antwortet irgendetwas Unverständliches, in einem schrecklichen Schulfranzösisch.

»Sie können ruhig Deutsch reden«, meint Rademacher, worauf sich der Teenager umständlich erklärt. Sie würden nach einem Friedhof suchen, neben dessen Haupteingang ein Hotel liege. Nun sei – er weist mit dem Kopf auf das hübsche Mädchen, welches gerade sein Gesicht hinter einem Haarvorhang versteckt – seiner Freundin nicht klar, ob der Cimetière du Montparnasse oder der Cimetière de Montmartre die richtige Adresse sei. Mit Mont sei es jedenfalls etwas gewesen. Wenn sie ein Smartphone hätten, wäre es kein Problem, das mal eben zu googeln. Aber mein Gott, ihre Eltern, die fänden das ja unnötig. Und hier, auf diesem Riesenbahnhof, könne man auch niemanden fragen. Deswegen hätten sie sich hier mal angestellt, wo es Schalter gebe. Vielleicht könne man ihnen hier weiterhelfen.

Das Mädchen schiebt sich die Haare aus dem Gesicht und hinter die Ohren, auf eine Art und Weise, die Rademacher schmerzlich bekannt vorkommt. Dann sprudelt der Teenager los: »Meine Mutter, es geht um meine Mutter. Ich hab seit zwei Tagen nichts mehr von ihr gehört, und sie ist mit einem ganz verdächtigen Typen hier unterwegs. Sie ist auch auf dem Handy nicht zu erreichen. Deswegen sind wir von Basel nach Paris gefahren. Jetzt sind wir in diesem blöden Bahnhof, und ich weiß nicht mehr, was für ein Montdingsda-Friedhof das war mit dem Hotel, in dem sie abgestiegen ist.« Sie beginnt zu schluchzen.

Rademacher vergisst Gerda wieder und denkt kurz nach. So, so, aus Basel! Aber was ist das für eine Geschichte? Er kennt den Cimetière du Montparnasse. Da liegt der gute alte Serge Gainsbourg in seinem frühen Grab, das über und über geschmückt ist von seinen Fans, die dort Zigaretten, Champagnerkelche und Plastikblumen deponiert haben und mehr oder weniger sinnvolle Sprüche auf Karten und Zetteln. Jean-Paul Sartre und Simone de Beauvoir haben auch ihre Verwesungswohnung auf dem Gelände. Aber da ist Rademachers Wissen nach nirgendwo ein Hotel gleich beim Eingang. Der Cimetière de Montmartre ist wahrscheinlich der heißere Tipp, das ist auch eher eine Touristengegend.

»Vielleicht sollten wir einfach zur Polizei gehen«, meint das Mädchen plötzlich und verzieht schmerzlich das hübsche Gesichtchen. Doch ihr Freund winkt ab. »Ach, die Bullen, die sind doch behindert.«

Da spricht er Rademacher aus dem Herzen, wie sein potenzieller Sohn es tun würde. Ihm wird ganz weich und weh. Er erzählt seine These vom Montmartre-Friedhof und erklärt, dass man deswegen eine längere Fahrt per Untergrundbahn zur Place de Clichy machen müsste. Wenn sie nichts dagegen hätten, käme er mit, er helfe gerne, er habe heute seinen freien Tag. So gehen sie den langen, unterirdischen Weg von der TGV-Station zur Metro, um mit dem Einser nach Châtelet zu brausen. Rademacher spürt die misstrauischen Blicke der jungen Frau auf sich, aber der Junge, der Jérémy heißt, unterhält sich tapfer mit ihm. Ja, Paris, die große Stadt, das ist schon etwas ganz anderes als die Schweiz und überhaupt.

Rademacher gibt sich als Deutschlehrer aus, der seit Jahren hier ansässig ist und Paris selbstverständlich wie seine Hosentasche kennt. Sie steigen in Châtelet um und die Metro nach Norden ist knallvoll mit Menschen. Die beiden Teenager drücken sich aneinander, schauen sich an und nicken unmerklich. Wahrscheinlich flößt ihnen das Wort Lehrer Vertrauen ein. Sie drängeln sich zu dritt durch die Station Barbès-Rochechouart und das junge Pärchen bekommt ganz große Augen beim Anblick dieses buntfarbigen Völkergemischs rund um diesen oberirdischen U-Bahnhof. Rademacher findet immer mehr Gefallen an seiner Vaterrolle.

Von der Place de Clichy ist es nicht mehr weit bis zum Haupteingang des Friedhofs von Montmartre. Rechts vom Portal steht in der Tat ein Apart'Hotel Citadines. Das Mädchen jauchzt auf und stürmt hinein, ihr Freund hinterher. Rademacher will sich zuerst auf Französisch verabschieden, dann aber setzt er sich auf ein Mäuerchen zwischen Hotel und Friedhof und wartet ab. Er fühlt sich richtig edel und gut.

Plötzlich schießt das Mädchen wieder aus dem Hoteleingang heraus, ein paar Meter dahinter folgt der Freund. Als er Rademacher sitzen sieht, kommt er, um Bericht zu erstatten. Letitias Mutter, aber man müsse Letty zu ihr sagen, also nicht zur Mutter, sondern zu Letitia. Jedenfalls liege Lettys Mutter im Krankenhaus. Nicht krank, sondern überfallen. Mit ihrem Lover, also Freund, den Letty ums Verrecken nicht ausstehen könne. Eva, so heiße Lettys Mutter, sei beim Überfall verletzt worden. Der andere, also der Lover oder Freund, aber nicht. Es gehe Eva bereits besser. Mehr wüssten sie auch nicht, das habe ihnen alles der Typ vom Hotel erzählt, der es wiederum vom Lover, also vom Freund von Lettys Mutter gehört habe.

Ein kühler Wind kommt auf einmal auf und braust über

Rademacher und den Jungen hinweg und erreicht auch die unschlüssig am Straßenrand stehende Letitia. Die Bö bläst direkt und totenbleich aus dem Friedhof. Der Wind frischt auf. Schon lange hat Rademacher nicht mehr so gefroren wie jetzt gerade. Zum Glück steht Jérémy neben ihm. Der Junge ist ein wandelndes Wärmekraftwerk.

»Die Jugend fürchtet die kalten Stürme des Alters nicht«, rauscht es durch Rademachers Schädel. Er rückt ein bisschen näher an Jérémy heran und wärmt sich. Er erzählt schließlich, dass er von einem überfallenen Schweizer Paar in der Zeitung gelesen habe. Ohne Zweifel handle es sich dabei um die Mutter seiner Freundin und deren Lover, äh, Freund, äh, Begleiter. Rademacher ruft ein Taxi, welches sie vor das Hôpital Bichat-Claude Bernard bringt.

Letty saust gleich mit wehenden Haaren los, ihr Freund drei Schritte hinter ihr, auch er mit Karacho hinein ins Krankenhaus. Rademacher zahlt und schickt das Taxi weg. Er setzt sich in die Eingangshalle. Das will er schon bis zum Ende miterleben, dieses Familiendrama.

Jérémy ist gleich wieder da und platziert sich neben Rademacher. Das sei nichts für ihn, diese tränenreiche Wiedersehensszene, dieses Weiberzeugs. Jedenfalls gehe es der Mutter von Letty einigermaßen gut. Sie wiederhole zwar beim Reden alles drei- oder viermal, aber sie habe ihre Tochter gleich erkannt. Schwere Gehirnerschütterung, beim Überfall habe die arme Frau eins auf den Hinterkopf bekommen. Ihr Lover oder Freund sei ihr beigestanden, er sei lediglich gerade unterwegs, diverse Hygieneartikel und so Zeug einzukaufen. Der müsse auch bald auftauchen.

Der Junge rutscht auf dem Plastiksitz herum und macht mit seinen Fingern und Händen merkwürdige Figuren. Rademacher macht das etwas nervös, aber er sitzt dennoch gerne neben diesem hyperaktiven Teenager. Sein Sohn wäre genau so!

Jérémy redet und redet. Zum Glück hätten sie das Krankenhaus gefunden. Und das Hotel. Zum Glück auch ihn,

Rademacher. Hier in Paris. Morgen wolle er sich dann die Stadt ansehen. Letty, also seine Freundin, auch. Die sei ja total geladen gewesen wegen dem neuen Freund ihrer Mutter, aber jetzt wäre alles cool. Obwohl sie beide in der Wohnung von diesem Typen herumgestöbert und doch Merkwürdiges gefunden hätten. Also so alte Zeitungsartikel und …

Jérémy verstummt plötzlich, wahrscheinlich erschrocken, dass er das so einfach preisgibt. Rademacher hört dem Geplapper einfach zu. Die Vertrautheit des jungen Mannes wärmt ihn weiterhin. Ansonsten geht ihn das ja alles nichts an.

Ob er einen Dichter namens Albert Ehrenstein kenne, wird Rademacher auf einmal von Jérémy gefragt. Er verneint. Auch ein Buch mit dem Titel *Ritter des Todes* kennt er nicht. Klingt aber ziemlich cool, der Titel, meint Rademacher und erntet begeistertes Kopfnicken des jungen Mannes.

Na ja, meint der weiter, dieser Typ da, den Letty nicht als Freund ihrer Mutter wolle, der sei so ein Freak, der habe jede Menge Bücher von diesem Ehrenstein und in einem der Bücher, ebenjenem *Ritter des Todes,* da …

Jérémy bricht mitten im Satz ab und fährt halblaut fort, dass der Lover beziehungsweise der neue Freund der Mutter seiner Freundin gerade jetzt, wenn er sich nicht total täusche, zur Glastür des Hôpitals hereinkomme.

Rademacher blickt auf. Am Empfang des Krankenhauses steht ein Mann in seinem Alter. Bald sechzig. Die etwas krumme, nach links hängende Haltung erinnert Rademacher an einen, den er vor langer Zeit gekannt hat. Ist das denn die Möglichkeit?

Der schräge Mann im Eingangsbereich des Spitals dreht sich um, offensichtlich entnervt von der Unterhaltung mit der Dame am Empfang, und blickt genau in Rademachers und Jérémys Richtung. Er zeigt keine weitere Rührung, richtet die Brille, um besser sehen zu können, und steht dann noch schräger.

Rademacher ist sich immer noch nicht ganz sicher. Er wendet sich zu Jérémy und fragt leise: »Hast du eine Ahnung, mein Freund, ob der Verehrer der Mutter deiner Freundin vielleicht Ziegler heißt?«

Der Teenager nickt mit großen Augen.

Rademacher deutet mit dem Zeigefinger auf den schrägen Mann am Krankenhausempfang und spricht den Namen gut hörbar und sehr deutlich aus: »Michael Ziegler!«

Über das Gesicht des andern blitzt und donnert auf einmal eine ganze Gewitternacht an Erkenntnis.

»Rademacher, das glaub ich jetzt nicht, du Drecksau!«

»Ziegler, bist du es wirklich?«

»Rademacher, du Schweinehund!«

»Ziegler, was machst du ausgerechnet hier in Paris, du Vollkoffer?«

»Du gottverdammter Mörder!«

Mit diesem Aufschrei stürmt der Schräge quer durch den Raum auf Rademacher zu. Der weicht dem unkontrollierten Schwinger des Aggressors aus und versucht seinerseits, diesem in die Eier zu treten. Keiner der beiden älteren Herren trifft, und sie werden vom Schwung ihrer ebenso vergeblichen wie lächerlichen Akte dahingerafft. Beide landen krachend auf dem Hinterteil. Es sieht so aus, als würden zwei große, hilflos auf dem Rücken liegende Käfer gleich mit den Füßen strampeln.

»Du Drecksau hast Gerda umgebracht. Und Schott auch!« Was Ziegler da herausächzt, versteht nur Rademacher.

»Bist du irre, du hysterischer Knallkopf!« Dieses Rademachersche Votum versteht wiederum nur Ziegler.

Jérémy schaut atemlos zu. Er hat unwillkürlich die Fäuste geballt und sie zur Deckung hochgenommen, hält sich aber selbstverständlich aus dieser behinderten Schlägerei heraus. Er versteht jetzt überhaupt nichts mehr.

Rademacher und Ziegler haben sich noch halb liegend aufeinander zubewegt und sich nun ineinander verbissen wie ungezähmte Straßenköter. Die Empfangsdame, eben noch hinter ihrer Theke erstarrt, flattert herbei wie ein aufgescheuchter Schwan. Sie umkreist ratlos die beiden knurrenden, keuchenden alten Männer. Rademacher hat eigentlich keine Chance gegen den schwereren und größeren Ziegler, aber der alte Haudegen ist zäh wie Kruppstahl. Ziegler gelingt es kurz, Rademacher in den Schwitzkasten zu nehmen, doch der beißt ihn in die Hand. Ein Schrei, ein Schlag, Ziegler hat plötzlich Rademachers dünnes Haarschwänzchen in der Hand und reißt daran. »Du miese Ratte hast Gerda umgebracht und Schott auch!«

»Messieurs, messieurs!« Der Schwan flattert noch wilder.

»Bist du wahnsinnig, du verdammter Hurensohn?« Rademacher haut um sich, trifft aber keine lebenswichtigen Teile seines Gegners. Dennoch kommt er frei. Ziegler schlägt nach ihm, trifft aber nicht. Rademacher krabbelt aus dessen Reichweite.

»Seit wann ist Gerda tot, du Arschloch? Und Schott?« Er hustet erbärmlich. Dann dreht er sich auf den Rücken und keucht schwer.

»Du hast sie beide umgebracht, du elender Verräter! Weil sie dir auf den Fersen waren.« Ziegler will noch mal hochkommen, lässt es dann aber sein und bleibt liegen. Man hört nur noch schweres Atmen.

»Du bist doch völlig beknackt, du altes Wrack«, hustet Rademacher: »Was erzählst du denn da für einen Unsinn?«

Dann weint jemand, aber das ist nur der Schwan, der sich jetzt zurück zu seiner Theke schleppt und dort in ein Handy schluchzt.

Jérémy hilft zuerst Rademacher beim Aufstehen und führt ihn zu einem der Sessel in der Halle, danach macht er dasselbe bei Ziegler, den er in einen Sessel am anderen Ende des Raumes setzt. Als die Security des Krankenhauses endlich daherschaluppt, ist die Situation infolge einer schwerwiegenden Altmännererschöpfung wieder ziemlich entspannt.

Jérémy, der selber erstaunt ist, wie gut er die Situation

managt und französisch spricht, redet von »erreur« und »confusion« und beruhigt die beiden sehr handfesten, blau gekleideten Security-Leute.

Auch als Ziegler sich halb im Sessel aufrichtet und »Assasin. Assasin. Arrêtez-le!« keucht und zähnefletschend wieder auf Deutsch bekennt, dass er Rademacher, diese Drecksau, sofort umbringe, sobald er sich selbst wieder gefasst habe, verschärft die Situation nicht mehr. Der eine Security wendet sich zum andern, zeigt einen Vogel an und deutet mit dem Kopf auf die beiden Erschöpften. Der Schwan erscheint mit einer Krankenschwester, die sich vor dem keuchenden, hustenden Rademacher aufbaut.

Die beiden Sicherheitsbeamten gruppieren sich vor Ziegler. Gleich ist Jérémy da. Er erklärt, dass der Herr da der Partner der überfallenen Dame sei, die im Hospital liege. Er sei hier, um sie zu besuchen. Dann deutet der Junge auf Rademacher und sagt wieder ein paar Sätze mit »erreur« und »confusion«, sogar »sénile« fällt ihm ein. Die Security bespricht sich kurz, dann winkt sie ab und Jérémy zieht den sich nur leicht sträubenden Ziegler mit zum Lift.

Rademacher sieht das alles durch einen Schleier. Dann schüttelt ihn wieder ein Hustenanfall. Die Krankenschwester sieht ihn besorgt an, aber er winkt und wiegelt ab. Er erklärt, dass diese missglückte körperliche Auseinandersetzung eine Art Ehrenhandel zwischen Ehrenmännern, *une vieille histoire*, wäre und dass in deren Verlauf ja keiner verletzt worden sei und er hier einfach warten wolle, bis er wieder fit genug sei, um nach Hause zu gehen. Nein, er sei kein Tourist, er wohne bei seinem Freund, dem Abgeordneten Didier Héléna, den kenne sie doch, den Herrn Professor, den Philosophen, der im Fernsehen immer die Welt erklärt, der Intellektuelle, der wegen jedem Hundeschiss angefragt werde. Nein, Hundeschiss sagt Rademacher nicht, aber seine Erklärung beruhigt die Krankenschwester, die sich schnell wieder verzieht. Vielleicht kennt sie tatsächlich den

Professeur Héléna oder sie hat Dringenderes zu tun. Nur der Schwan flattert hinter der Empfangstheke herum und beäugt Rademacher misstrauisch.

Langsam kommt er wieder dazu, klar zu denken. Zuerst hat er ja an eine Fata Morgana geglaubt. Ziegler hier, unmöglich! Das muss ein Albtraum sein. Aber ihm tut alles weh, so als hätte er sich mit irgendjemandem geprügelt. Also Wirklichkeit. Ein Gewaltausbruch! Schon früher hat Rademacher immer davon geträumt, dem endlosen Laberer eins reinzuhauen. Diesbezügliche Phantasien kann er nicht verleugnen. Stattdessen hat er Gerda ... Ach du Scheiße, Ziegler, dieser bedauernswerte, krumme, alte Depp, hat ihn ja Mörder genannt. Hat davon gesprochen, dass er, Rademacher, die Genossen Gerda und Schott umgebracht habe. Gerda tot? Das kann doch nicht sein! Ziegler muss wirklich wahnsinnig geworden sein! Und was macht der Typ überhaupt in Paris? Man muss doch hoffen dürfen, dass einem in so einer großen Stadt nicht die eigene Geschichte blödsinnig über den Weg torkelt.

»Ausgerechnet Ziegler ist der überfallene Tourist, das ist typisch für ihn«, denkt Rademacher, »der klassische Schweizer auf Städtetour mit Frau oder Freundin.« Das Misstrauensvotum dieser Letty fällt ihm wieder ein. Sollte Ziegler auf seine alten Tage so eine Art Heiratsschwindler geworden sein? Rademacher lacht auf und muss gleich wieder husten. Eine Schlägerei mit Ziegler, endlich! Nach über fünfunddreißig Jahren. Unglaublich. Grotesk. Das glaubt kein Mensch, aber das passt schon.

Nur Gerda und Schott, die sollen beide tot sein? Das ist doch sinnlos, das ist Wahnsinn, und warum soll er ihr Mörder sein? Rademacher muss eine rauchen, er geht nach draußen. Er raucht und geht. Mörder? Räuber, ja, Verräter vielleicht auch, aber sicher nicht Mörder. Rademacher raucht und geht über eine Brücke, einen Viadukt. Dann sieht er den Friedhof mit seinen leichenblassen Grabsteinen.

★

In den frühen 1990er Jahren wird Rademacher Kellner in einem kleinen Genossenschaftscafé am Rande des Parc de Belleville. Ab und zu gibt es dort Veranstaltungen der unabhängigen Kommunisten mit dem wenig hilfreichen Titel »Qu'est-ce que ça veut dire gauche aujourd'hui?«

Rademacher weiß es auch nicht, er serviert und hält die Klappe, wie schon früher bei den meisten Diskussionen. Er hält es gut aus in der selbstverwalteten Kneipe, er arbeitet gerne, wenn er seine Knochen dabei spürt. Es ist in dieser Zeit schon wieder ein aufsehenerregendes politisches Statement, eigenverantwortlich und selbstausbeuterisch, mit der Phantasie der Verzweiflung zu arbeiten.

Eines Nachmittags kommt ein merkwürdiges Paar in die Kneipe. Ein kleiner, korpulenter, älterer Herr mit wehenden weißen Haaren schiebt einen Mann im Rollstuhl in die Wirtschaft. Rademacher hilft über die Türschwelle und räumt ein paar Stühle aus dem Weg. Der Rollstuhlinsasse ist ein verhutzeltes Männchen, das mit ruckartigen Bewegungen des Kopfes alles um sich herum genau betrachtet. Sie platzieren sich an einem Tisch ganz hinten im Lokal und bestellen vom guten Roten. Als Rademacher das Gewünschte bringt, laden sie ihn auf ein Glas ein. Der Mann im Rollstuhl lacht bei jedem Schluck Wein, den er mit eckigen Bewegungen in sich hineinschüttet. Rademacher entschuldigt sich, für ihn sei es noch zu früh zum Saufen. Der Dicke lacht nun auch und meint, es sei garantiert nie zu früh, um ein ordentliches Glas Rotwein oder auch zwei zu trinken. Und Saufen sei ein so hässliches und belastetes Wort.

Madeleine, die als guter Geist in der Küche aushilft und eine verdiente Altgenossin der Kommunistischen Partei ist, stupst Rademacher an, als er mit einer neuen Flasche aus dem Keller zurückkommt. Ob er eigentlich wisse, wer der Typ sei, der den Rollstuhl schiebe? Rademacher schüttelt den Kopf und Madeleine flüstert ihm ins Ohr, dass der

Mann niemand anderes sei als Raoul Vaneigem, der berühmte Philosoph, der Pate des Situationismus, neben Debord selbstverständlich. Er habe zwar nicht die konkret richtigen politischen Ansichten, sei aber trotzdem ein aufrechter Linker.

Rademacher stöhnt innerlich auf, schon wieder ein Philosoph wie Didier, aber er hat den Namen Vaneigem schon gehört. Soll er jetzt ein Autogramm holen, den Situationisten in ein Gespräch verwickeln, etwas Gescheites fragen? Und wer ist der fidele Behinderte im Rollstuhl? Vaneigem seinerseits behandelt diesen mit äußerster Hochachtung. Rademacher traut sich nicht zu stören und betrachtet das illustre Duo von weitem. Nach der zweiten Flasche Nuit St. Georges schiebt der Pate des Situationismus den Rollstuhl wieder nach draußen. Der Behinderte scheint eingeschlafen zu sein.

Zuhause sucht Rademacher in seinen wenigen Habseligkeiten herum. In einem zerstoßenen kackbraunen Kunststoffkoffer lagert seine Handbibliothek, die er bei seinem Umzug nach Paris mitgenommen, aber nicht ausgepackt hat. Triumphierend holt er das in verschossenes Weiß eingebundene Buch heraus. Hat er es doch gewusst! Das *Handbuch der Lebenskunst für die jungen Generationen* von Raoul Vaneigem. Er hat das Buch einst in der Schweiz gekauft, während seiner Zeit als Landkommunarde, in einer anarchistischen Buchhandlung in Aarau, wo es neben alternativer Literatur auch fair produzierten Pulverkaffee und kratzige, selbstgesponnene Wolle zu kaufen gab. Er sah das Buch und kaufte es gleich, weniger, um es zu lesen, mehr wegen des einladenden Titels und vor allem darum, weil auf dem alternativen Bauernhof Theorie mehr oder weniger verpönt war. Praxis war alles. Das kam Rademacher zwar zustatten, aber er musste doch immer ein bisschen provozieren. Und es war ein subversives Vergnügen, so einen schlecht gedruckten Raubdruck mit ab und zu völlig unleserlichen

Seiten zu besitzen. Das war sozusagen ein Schatz, den niemand anderes hatte und der Wahrheit und Erlösung barg oder zumindest gute Sprüche. So etwas machte den Unterschied. Rademacher hatte immer nur ein bisschen im Text gestöbert: »Wir wollen keine Welt, in der die Garantie, nicht zu verhungern, mit der Gefahr erkauft wird, vor Langeweile zu sterben.« Wem würde so ein Spruch nicht das steinerne Herz erweichen? Seither hat er das Buch immer in seinem leichten Gepäck mitgeschleppt.

Irgendwann, beim dritten oder vierten nachmittäglichen Saufgelage, traut sich Rademacher endlich, den Dicken zu fragen, wer der Handicapé im Rollstuhl sei. Er versteht den Namen nicht und Vaneigem schaut ihn verächtlich an, seufzt dann und schreibt etwas auf die Getränkequittung. Vier Buchstaben. ISOV liest der ratlose Rademacher. Oder vielleicht heißt es auch ISOU.

★

Vom Cimetière de Montmartre geht Rademacher den ganzen Weg zu Fuß bis zu sich nach Hause, nach Belleville, einmal quer durch die Stadt. Es ist Samstagnacht und Paris explodiert immer noch vor Menschen. Humanoides Material, das hin und her geworfen wird, das scheinbar ziellos sich ausbreitet und zusammenzuckt, aufquillt, Plätze besetzt, Straßen verstopft. Tollkühn stürzen sich die Massen ins Vergnügen, welches sie allüberall vermuten.

Rademacher läuft vor ihnen davon, er raucht ein halbes Päckchen Zigaretten, hustet sich jeweils die Seele aus dem Leib und hält zweimal für einen kleinen Schluck in einer Nachtbar an. Mit seinem linken Arm ist auch etwas nicht in Ordnung, entweder hat er einen Schlag von Ziegler bekommen oder er hat sich das alte Möbel ausgerenkt, als er dem Blödmann im Krankenhaus eine verpassen wollte.

Zuhause holt Rademacher seine kleine Reisetasche aus

dem Schrank. Er wird morgen oder übermorgen in die Schweiz fahren, zum Arzt. Vielleicht wird Ziegler dann im selben TGV sitzen, und sie werden sich wieder prügeln müssen, zwei alte Vollidioten, die drohend ihre Arme schwingen in der qualvollen Enge des Großraumwaggons.

Nein, da muss etwas aus der Welt geräumt werden. Es herrschen da zu offensichtliche Missverständnisse vor. Rademacher wird mit dem ehemaligen Genossen friedlichen Kontakt aufnehmen, er muss wissen, was der mit seinen massiven Vorwürfen von Mord und Totschlag gemeint hat. Vielleicht sollte er erst diesen patenten jungen Mann aus Basel anrufen, diesen Jérémy. Der kennt Ziegler ja und kann einen Kontakt vermitteln, möglicherweise ist der Jungspund auch als Vermittler zu gebrauchen, wenn er quasi verwandtschaftliche Beziehungen zu diesem alten Idioten hat. Und vielleicht weiß der Teenager auch Näheres, warum er, Rademacher, ein Killer sein sollte. Er hat Jérémys Handynummer, vielleicht schaffen sie es zusammen zu einer Art Friedenskonferenz, einem Jalta für Arme.

Warum bezeichnet Ziegler ihn als Mörder von Gerda? Er hat sie nie mehr gesehen, nachdem er damals bei Schotts Atelier war und ihm ihre laute und zornige Stimme durch Mark und Bein gegangen ist. Und den großen Künstler soll er auch umgebracht haben. Wie kommt dieses alte Wrack Ziegler zu solchen Behauptungen? Rademacher überlegt noch lange, alles Mögliche wälzt sich durch sein Hirn, bevor er einschläft.

Am nächsten Morgen, nicht zu früh, ruft er Jérémy an. Wider Erwarten nimmt der das Gespräch sofort an.

Sie seien gerade in diesem Apart'Hotel beim Friedhof, er und Letty. Der Freund von Lettys Mutter, Ziegler also, der sei im Krankenhaus geblieben, er befinde sich jedenfalls nicht hier. Der habe gestern, nach dieser peinlichen Prügelei, noch lange geschimpft und gewütet. Er sei extrem aufgeregt gewesen, geradezu panisch und habe ihm dann Sachen erzählt, die er, Jérémy, aber fast nicht glauben könne. Laut Ziegler sei Rademacher eine ganz unheimliche Existenz, ein gefährlicher Terrorist und Anarchist sowie mindestens ein zweifacher Mörder, ein Schweinehund, Verräter und Bankräuber.

Rademacher hält den Atem an, aber der junge Mann klingt bei dieser Aussage durchaus fröhlich, Angst oder Bedenken scheint er nicht zu haben. Ziegler muss tatsächlich wahnsinnig geworden sein. Na ja, das stand schon immer zu befürchten, der mit seinem labilen Charakter. Rademacher hustet. Dieser Jérémy gefällt ihm. Er hält das Handy weg und versucht, seinen Husten zu unterdrücken. Er pfeift aus dem letzten Loch. Gut, dass dieser Jérémy ein patenter Jüngling ohne Berührungsängste zu sein scheint.

»Hör mal, junger Mann, das mit dem Bankräuber stimmt, ich sag dir das jetzt im Vertrauen und weil es wohl schon längst verjährt ist. Aber da war der Feigling Ziegler auch dabei. Wir haben eine Bank überfallen in den Siebzigerjahren. Jugendsünden, verstehst du.«

»Ihr wart jung und brauchtet das Geld?«

»Das waren ganz und gar keine eigennützigen Motive, die dahinterstanden. Wir waren Anarchisten, wir verstanden uns als soziale Rebellen, wir wollten mit der Kohle den Umsturz der Gesellschaft oder die Weltrevolution anheizen, verstehst du das? Wir wollten zeigen, dass sich das Kapital und die Herrschenden nicht alles erlauben können, dass auch wir rauben und stehlen konnten. Dass wir sozusagen zurückstehlen und zurückrauben würden, vor allem die paar Kröten aus der Kreissparkasse. Wer ist eigentlich damals auf die Idee gekommen mit Glonn? Der gute alte Schott wohl. Der Marktflecken Glonn an der Glonn. Das Flüsschen Glonn, das in die Mangfall mündet. Glonn. Unglaublich!« Rademacher lacht röhrend, ein Lachen, das schnell wieder umkippt in Husten: »Egal, aber was dir dieser Ziegler sonst erzählt hat, das ist Bullshit! Schott ist ein bekannter Künstler und Gerda eine begnadete Matz. Die leben und sind nicht tot. Glaube ich jedenfalls. Aber ich war die letzten

Jahre die meiste Zeit im Ausland, immer unterwegs oder hier in Paris, ich habe die beiden und Ziegler seit einer Ewigkeit nicht mehr gesehen.«

Der junge Mann gibt zur Antwort, dass er mit eigenen Augen die Todesanzeige von diesem Künstler namens Schrott gesehen habe. Und Ziegler habe mehrfach in seinen wirren Auslassungen bestätigt, dass die Frau, diese Gerda, von einer Brücke im Tessin gestoßen worden sei.

Rademacher schluckt schwer, wühlt mit der Linken in seiner Hosentasche, findet dort aber keine Zigaretten.

»Bist du dir da ganz sicher?«

Jérémy am andern Ende der Leitung bestätigt knapp, was er eben erzählt hat. Rademacher schluckt noch einmal. Nimmt das Handy in die Linke, um in der anderen Hosentasche zu wühlen. Das Apparätchen fällt ihm aus der Hand, zu Boden und piepst kläglich, bevor es verstummt. Scheiß drauf! Rademachers Hand verwickelt sich im Hosensack. Herrgottsakrament noch einmal! Wenn schon keine Zigaretten, dann klaubt er wenigstens ein angebrauchtes Taschentuch hervor.

Stimmt es, was der Junge da kolportiert, dann gibt es eigentlich nur eine einzige wahrhaftige Version der Geschichte: Gerda, die Matz, hatte etwas mit dem Tod des armen Schott zu tun und hat Jahre später von Reue zerfressen im Tessin Selbstmord begangen. Im gottverdammten Tessin! Nein, niemals, Gerda, Reue und Suizid, das passt nicht zusammen. Rademacher zupft an seinem Pferdeschwanz herum. Er hat Gerda nicht auf dem Gewissen und Schott sowieso nicht. Das muss er Ziegler klarmachen.

Rademachers Hirn beginnt zu rotieren. Das kann doch alles nicht wahr sein. Ihm wird ganz anders. Er muss nicht mal husten. Da nützt kein Zigarettchen etwas, er braucht dringend einen Schluck. Er erwischt den Absinth mit 65 Volumenprozent und hustet jetzt doch. Er sinkt in einen Sessel nieder und starrt trostlos auf den abgewetzten Teppich mit den vielen Brandlöchern.

Nachdem er sich wieder gefangen hat, raucht er eine und denkt an Gerda. An Schott. Dann an Ziegler. Er sieht sie und sich als junge Menschen, sie sind eine Bande, Freunde, trotz des sexuellen Kuddelmuddels. Er und Gerda. Ziegler und Gerda. Die Matz! Er hat irgendwo noch dieses Farbfoto, das damals ein Kumpel von Schott gemacht hat. Die Viererbande! Wie das damals war, in ihrem Politgrüppchen. Da gab es keinen charismatischen Führer, keinen Charles Manson, sie waren ein Haufen, der miteinander funktionierte, auf unterstem radikaldemokratischem Level. Bei Kontakten mit anderen Gruppierungen oder den meist sehr überheblichen Parteien aktivierte sich blitzartig ein starker Klebstoff zwischen ihnen. Gerda war immer etwas vorlaut, und sogar der sonst eher schweigsame Schott verteidigte sie mit seinem Huronengebrüll, wenn die Maoisten sie mit ihren Bibeln zudecken wollten. Die Zusammenkünfte mit sympathisierenden Grüppchen endeten meistens in einem Gruppenkoma, wenn Ziegler eine seiner langfädigen Analysen des gegenwärtigen revolutionären Zustands der Gesellschaft zum Besten gab und dabei sorgfältig die gewaltsame wie die gewaltfreie Art des Klassenkampfs abwog, dabei immer exzessiv zitierend. Schott brüllte dann gerne mal dazwischen, dass Ziegler ein verkappter Leninist sei, bis der mit einem ganz raffinierten Bakunin-Zitat konterte. Aber am Schluss waren sie alle sich einig, dass man endlich etwas tun, etwas konkret machen müsste, statt immer nur zu diskutieren. Wenn nach diesem Votum dann meist eine etwas peinliche Stille auftrat, holte jemand ein paar Flaschen Bier aus dem Kühlschrank, und es wurde noch richtig gemütlich.

★ III ★

Gerda nimmt einen graublauen Stein vom Tisch, wiegt ihn in der Hand, fährt mit dem Daumen über eine der scharfen Kanten und drückt drauf, dass es weh tut. Dann wirft sie den Stein in eine Ecke von Schotts Atelier. Sie ist nicht besonders gut gelaunt. Die Falte über ihrer Nase ist scharf und schneidend, ihr Lächeln ist schief und falsch. Sie bemüht sich, aber es gelingt ihr einfach nicht zu strahlen. Sie überlegt, was mit Schott los ist? Er hält sich betont entfernt von ihr, er flieht sie. Er spricht sie nicht an, redet ins Leere.

»Übrigens, ich habe einen Brief bekommen. Du rätst nie im Leben, von wem der ist.«

Er knetet mit seinen Riesenhänden einen kleinen, gelb gesprenkelten Felsbrocken.

Wahrscheinlich drückt er gleich Wasser daraus, denkt sich Gerda.

»Was fällt dem Mistkerl eigentlich ein, mir einen Brief zu schreiben!« Schott drückt den Stein fester, aber Wasser kommt keines heraus.

Gerda kann Gedanken lesen, sie beherrscht bei Bedarf die okkulten Künste. Sie sieht es Schott an, von wem der Brief stammt, auf seiner Stirn steht es groß und breit geschrieben, ein Menetekel.

Sie sieht sich auf dem Rand des Bettes sitzend, in dem Rademacher liegt und raucht, bevor sie ihm die Zigarette wegnimmt. Bonnie und Clyde. Freiheit und im roten Volkswagen nach Süden. Von wegen! Er hat sie im Stich gelassen. Etwas Saures kommt aus ihrem Magen und kriecht die Speiseröhre hoch, sie muss hart schlucken.

»Rademacher! Der schreibt mir glatt, dass er mir zu meinem künstlerischen Erfolg gratuliert, der krumme Hund.« Schott lässt den gekneteten Stein fallen und hält sich nun mit seinen Pranken am massiven Holztisch fest, der zwischen ihm und Gerda steht.

Sie zwingt sich zur Ruhe. Keine falsche Bewegung jetzt!

Schott hat den Brief selbstverständlich gleich weggeworfen, er will nichts mehr mit Rademacher zu tun haben, aus und vorbei!

Gerda hat jetzt eine Hitze in sich, die ihr wehtut, sie aber wärmt.

Der Brief sei aus der Schweiz gekommen, mit einem Poststempel von Intragna.

»Ich fahre da hin, Schott, und hole mir den Hundesohn, echt!«

Schott steht auf, nimmt einen Hammer aus einem Regal und schlägt ganz zart auf einen schönen grauen Felsen ein.

»Wir dürfen uns nicht mehr sehen, Gerda, Heike hat Verdacht geschöpft.«

»Das ist mir scheißegal, ob deine Ehefrau ein Beziehungsdrama anzettelt. Wir müssen Rademacher schnappen. Mit dem hab ich noch eine Rechnung offen.«

Schott hämmert heftiger und windet sich. Gerda gefällt es fast, wie er dann den Hammer wütend zu Boden wirft und wieder seine Hände knetet. Als sie ihn zum Abschied küssen will, dreht er den Kopf weg. Aber es braucht nicht viel, ihn dazu zu bringen, einen Detektiv zu engagieren, der auch im Ausland, in Intragna in der Schweiz, tätig wird und nachforscht. Das kostet ein Heidengeld. Aber Schott zahlt. Zwei Wochen später trudelt der erste Bericht ein. Der kommende Kunstsuperstar überreicht ihn zähneknirschend Gerda.

Der Ermittler berichtet, dass er zuerst in Intragna in der Nähe der Stadt Verbania und des Lago Maggiore, allerdings auf italienischem Staatsgebiet, nachgeforscht habe. Nachdem sich dort keinerlei Hinweise auf Verdächtige ergeben hätten, habe er die Suche auf Intragna im Tessin/Schweiz ausgeweitet.

Gerda stöhnt auf, als sie das liest. Schott schaut nur leidend. Das schöne Geld!

Doch der Bericht wird positiv. Es gebe im Tessiner Intragna zwar keinen Verdächtigen namens Rademacher, aber ein Neuankömmling namens Hardy Krull sehe laut übereinstimmenden Zeugenaussagen dem Gesuchten ziemlich ähnlich. Dieser Krull sei offensichtlich ein Deutscher, der bei einem bekannten Tessiner Baulöwen als Fahrer arbeiten würde. Bei dieser Person würden fast alle vorliegenden Daten mit der Person Rademacher übereinstimmen. Besagter Krull lebe in einer alten Mühle. Derartige Liegenschaften gäbe es recht viele in der Gegend, aber höchstwahrscheinlich handle es sich dabei um ein Etablissement in der Nähe von Pila, einem Weiler oberhalb von Intragna, der nur mit der Seilbahn erreicht werden kann.

Diesmal strahlt Gerda Schott an: »Jetzt entspann dich mal. Deine Heike wird nichts von uns erfahren, ganz ruhig. Ich will doch nicht dein schönes Familienleben zerstören. Da schau, die Drecksratte nennt sich jetzt Hardy Krull, das gibt's doch nicht.«

Der Künstler sieht sehr leidend aus. »Du glaubst das doch nicht, Gerda, oder? Dieser Detektiv scheint mir nicht über alle Zweifel erhaben. Ich kann, ich will, verdammt, du willst doch nicht in dieses Tessiner Kaff fahren und diesen Pseudo-Rademacher suchen?«

Gerda strahlt Schott weiter an.

Mit dem Fahrrad ist es von Schotts Atelier in Perlach nicht weit zu ihrer kleinen Zweizimmerwohnung im Süden Münchens. Hier wohnt sie, seit sie vor einigen Jahren aus der Untersuchungshaft entlassen worden ist.

Terrorismusverdacht! Gerda ist die Einzige der sozialen Bankräuberbande, die wirklich für ihre Überzeugung hat zahlen müssen. Im Deutschen Herbst, der eiskalten Jahreszeit 1977, nach dem Tod von Buback, Ponto und Schleyer, sind alle zu Staatsfeinden und Terroristen erklärt worden, die sich nicht mit Schaudern abwandten und abschworen oder gar immer noch eine kleine klammheimliche Freude empfanden. In der Wohngemeinschaft, in der Gerda damals gewohnt hat, sind ab und zu halbseidene Typen aufgetaucht, scheinbar Genossen. Es hätten aber auch Spitzel sein können. Vielleicht haben sie auch nur ihr Maul nicht gehalten, jedenfalls sind eines Morgens um sechs Uhr die Bullen in der Hütte gestanden. Schwer bewaffnet, maskiert. Gerda war erstarrt vor Angst. Einen Moment lang hat sie geglaubt, dass Ziegler oder Rademacher geplaudert hätten, aber es ging mitnichten um den Banküberfall in Glonn. Die Existenz der Wohngemeinschaft war ein klarer Fall von Unterstützung einer terroristischen Vereinigung gemäß Paragraf 129a Strafgesetzbuch.

Gerda versucht, diese Geschehnisse zu vergessen. Sie hat nicht lange eingesessen, man konnte ihr nichts beweisen. Sie hat stillgehalten.

Nun holt sie die Pistole aus dem Versteck im Kleiderschrank. Sie hat die Waffe nicht weggeworfen, wie sie Ziegler erzählt hat. Sie wiegt das Ding in ihrer Hand. Rademacher hat ihr einst den Namen gesagt, Wilhelm oder Waldemar. Wilfried oder so. Und er hat ihr erklärt, dass man diese Handfeuerwaffe immer ordentlich putzen und ölen muss. Manchmal tut Gerda das voller Liebe für das mechanische Wunderwerk.

Jetzt schaut sie es sich wieder genau an. Es liegt betörend gut in ihrer Hand. Dann richtet sie die Pistole auf sich. Nein, sie kann nicht schießen, sie hat nicht mal Munition. Darum geht es nicht. Sie stellt sich kurz vor, wie es gewesen wäre, damals mit Rademacher abzuhauen, als Bonnie und Clyde. Da muss sie lachen. Wahrscheinlich wären sie beide schon tot. Dann steigt wieder Wut in ihr auf. Dass sie den Verräter in diesem Intragna aufspüren wird, steht für sie außer Diskussion. Sie träumt ja schon davon, wie sie ihm gegenübersteht. Der Ausgang des Traums bleibt aber stets ungewiss, entweder kann sie sich nicht erinnern oder sie erwacht vorher.

Schott muss mit in die Südschweiz kommen. Gerda kann das nicht alleine machen. Er soll seiner Heike irgendetwas vorflunkern. Dienstreise, Inspiration oder so. Es gibt ja genug Steine in diesem Tessin, die sich der Künstler ansehen kann. Ihm wird schon eine Ausrede einfallen.

Doch Schott verweigert Gerda den Gefallen. Er will sich um seine Frau und sein Töchterlein kümmern. Er kann auf keinen Fall so weit reisen, durch die Alpen hindurch. Er muss auch noch für eine Ausstellung krüppeln und sowieso sei die ganze Geschichte mit Krull ein kompletter Blödsinn.

Gerda lässt nicht locker. Sie kommt immer wieder ins Atelier in Perlach. Sie streiten sich, und Schott brüllt wie in alten Zeiten. Er wolle nicht mehr hinter Rademacher her, er gebe auch kein Geld mehr aus für einen Detektiv. Schon damals, vor zwölf Jahren, sei er froh gewesen, dass einer mit der Beute abgehauen sei, damit dieses Geld sie nicht mehr habe korrumpieren können. Was denn überhaupt mit ihr los sei, dass sie so hasserfüllt hinter Rademacher herjagen wolle?

Gerda versucht, Schott zu schlagen, aber er hält sie mit Leichtigkeit fest. Sie langt ihm an den Schwanz, aber er wehrt sie auch dort ab. Gerda schmeichelt, dann schreit sie: »Du verdammter Eunuch, für mich ist das alles nicht vergessen. Ich will Rademacher ins Auge sehen und ihn dann töten. Oder zumindest verprügeln. Du bist eine Memme. Dann gehe ich halt alleine in die Schweiz. Ist nicht Ziegler dort? Der frisst mir aus der Hand. Lass mich los, du!«

Schott kann nicht umhin, Gerda mit einem schlimmen Schimpfwort zu belehnen. Dann gibt er sie frei. Sie schubst ihn mit aller Kraft, Schott stolpert über einen Draht, der dazu dient, einen großen Granitblock zu sichern.

Gerda sieht, wie Schott um Halt ringt, die Arme in der

Luft, und dann an den Steinblock stößt, der zu schwanken beginnt.

Sie sagt fast zornig: »Jetzt pass doch auf, was machst du denn da? Das ist doch gefährlich.«

Schott sagt nichts. Er kann sich nicht auf den Beinen halten. Fällt gegen den Stein. Das graue Monstrum!

Gerda will nichts mehr sehen, sie dreht sich um. Sie eilt aus dem Atelier, sie läuft und läuft, sie hört nichts, sieht nichts. Sie läuft, lässt alles zurück. Dann steht sie auf einmal beim S-Bahnhof Perlach. Sie muss noch weiter weg.

Sie ist so verwirrt und durch den Wind, dass sie einen Moment lang Rademacher zu sehen glaubt, der in die S-Bahn nach Höhenkirchen-Siegertsbrunn einsteigt. So ein Blödsinn. Eine Fata Morgana. Sie wird langsam wieder normal. Aber sie hätte schwören können, dass sie den Typen, der vor ein paar Minuten in den Zug eingestiegen ist, gekannt hat.

Gerda beschließt, sofort in die Schweiz zu fahren. Es gibt gute Gründe für diese Reise.

★

Neben dem berühmten Ponte dei Salti in Lavertezzo im Tessiner Verzasca-Tal gibt es ein Grotto, das vor allem von Touristen besucht wird. Dort ist alles vorhanden, um den Ausflug zur berühmten Brücke würdig abzuschließen: ein Kinderspielplatz, Steintische und -bänke unter den Edelkastanien und es gibt Tessiner »Spezialitäten« sowie billigen Merlot im Boccalino. Gerdas Freund Alvise führt den Spunten, der sich optimistisch »Mai morire« nennt. Sie serviert hier schon seit einiger Zeit. Aushilfsweise, na ja, seit sie Alvise mit seinen Glutaugen kennengelernt hat.

Gerda hat sich in den letzten Jahren durch das Tessin treiben lassen. Damals in Intragna, als sie auf Ziegler wartete, bei dieser Mühle, die abweisend und menschenleer an einem kleinen Staubbach stand, stundenlang, da ist sie zur Vernunft gekommen, hat sich entschieden, mit der Vergangenheit abzuschließen.

Keine alten Geschichten mehr, kein Verfolgen und Erlegen von Rademacher, kein Belügen und Ausnutzen von Ziegler mehr! Sie hat nie erfahren, ob sie im Zusammenhang mit Schotts Tod auf der Karte der Fahnder aufgetaucht ist. Seine Frau Heike hätte diesbezüglich Himmel und Hölle in Bewegung gesetzt, wenn sie gewusst hätte, dass Gerda damals im Atelier gewesen ist.

Nach der missglückten Aktion bei der Mühle in Pila und Zieglers Verschwinden ist sie in Ascona gelandet und Serviererin in einem Café an der berühmten Promenade am Lago Maggiore geworden. Sie hat sich eine Zeit lang aushalten lassen von einem Mann mit einem Motorboot auf dem See und einer Zweizimmerwohnung für die Kurtisane. Aber sie hat immer genau gewusst, was sie macht, und sie hat nur ganz wenig von sich preisgegeben.

Dann hat sie Ida kennengelernt, die bei einem Juwelier und Uhrenhändler gleich nebenan als Verkäuferin angestellt ist. Ida Jelmini hat ein großes Problem mit ihrem Leben, sie ist depressiv. Gerda wird ihre große Schwester. Sie haben einander ihr Leben erzählt. Ida ist überzeugt davon, dass sie nicht mehr lange so weitermachen kann. Gerda hat das nicht verstanden. Ihr Leben ist das Einzige, das sie wirklich hat, dass man ihr allerhöchstens mit Gewalt nehmen kann. Ihr Leben und die Freiheit.

Sie hat es Ida zu erklären versucht:

»Das Erleben von Freiheit war unsere Errungenschaft, unser Privileg damals, Ida. Was für ein Gefühl. Wenn ich zuhause auf Besuch war, im Dorf, dann war da all das Gesumme um mich herum, nicht direkt an mich gerichtet, aber immer gut hörbar: Ah, die Gerda, so, so. Die Zenzi, die ist doch gleich alt wie sie und schon verlobt, und die Rosi geht mit dem Sohn vom Alten Wirt, und die Maria studiert Medizin und hat eine große Zukunft, aber die Gerda … Und ich hab die sorgenvollen Blicke meiner Eltern gesehen und bin wieder zurück in die Stadt gefahren und dabei explodiert vor Freiheit. Ich war frei, ich war nicht verlobt, ich würde keine Alte Wirtin werden, dafür aber eine Karriere machen, die im Dorf noch für viel Gesprächsstoff sorgen würde. Na ja, das hab ich auch geschafft, sehr zum Entsetzen meiner Eltern. Egal. Dieses Gefühl der Freiheit damals, diese Losgelöstheit, das war das Schönste.

Dabei hatte ich eine wunderbare Kindheit. Ich bin auf dem Dorf aufgewachsen, von zwei älteren Brüdern behütet, von meinen Eltern geliebt. Ich hatte beide Großelternpaare um mich und die Haustiere, die ich mir wünschte. Ich ging gern in die Schule und hatte freundliche Lehrer und gute Noten. Ich war Stolz und Hoffnung zugleich, und ich wollte es sein. Ich war mir immer bewusst, dass ich etwas Besonderes darstellte. Ich war hübsch, ich war gescheit, ich hatte die besten Aussichten. Alles ging seinen guten Weg.«

Ida hat Gerda stets aufmerksam zugehört. Sie hat sich die Macke ihrer Freundin angewöhnt, die halblangen Haare hinter die Ohren zu streichen. Gerda hat sie dabei beobachtet. Sie hat wie in einen Spiegel geschaut und sich selbst gesehen, dann hat sie weiter erzählt:

»Schließlich habe ich gehört, wie fette alte Nazis über die langen Haare meiner Brüder und ihrer Freunde geschimpft haben. Ich hörte Worte wie Adolf Hitler und Arbeitslager. Ich las die Sachen nach und wurde später vor die Lehrerkonferenz zitiert, weil ich in der Schulbibliothek die falschen Bücher ausgeliehen hatte. Meine Frage, wieso denn diese Bücher in der Bibliothek seien, wenn man sie nicht ausleihen dürfe, wurde mir als Insubordination und Rebellion ausgelegt. Dann sah ich den Krieg in Vietnam und das Massaker von My Lai im Fernsehen und wusste, dass Adolf Hitler noch lange nicht tot war. Ich beschloss, gegen diesen Hitler in den Menschen zu kämpfen. Ganz romantisch!

Ich wollte diese alte Welt in die Luft sprengen, um Platz zu machen für eine neue Welt. Ich war der Meinung, dass es nur mit Gewalt geht, dass das Alte weg, ganz weg muss, bevor etwas Neues entstehen kann. Ich war nicht naiv. Ich habe keine Sekunde lang daran geglaubt, dass man den bewaffneten Kampf mit dem Staat gewinnen kann. Aber es tat gut, dass der Staat Angst bekam. Dass der verhasste, selbstbewusste, gemeine, grausame, übermächtige, hässliche alte Adolf Hitler schäumte und sich aufbäumte und seine Deckung verließ. Ich war voll Hass und voll Rachsucht, ich wollte den Adolf Hitler aus den Menschen sprengen.«

Ida hat weiter aufmerksam zugehört, dann hat sie ihren Kopf an die Schulter ihrer Freundin gelehnt und geweint. Gerda hat sie lange gehalten. Idas Tränen haben sie umspült, haben zart ans Ufer geschlagen wie die kleinen Wellen des Lago Maggiore an den schönen Sommerabenden. Gerda hat Idas Todesschwäche gespürt und plötzlich hat sie eine wilde Lebenskraft empfunden, eine unglaubliche Energie und reiner Wille haben sie durchfahren.

Als sie zu Alvise nach Lavertezzo gezogen ist, hat sie ihre Freundin in Ascona weiterhin besucht. Sie hätten mittlerweile als Zwillingsschwestern durchgehen können.

Die Glutaugen ihres Lovers haben schnell ihren Reiz verloren. Was soll Gerda an so einem Ort, im hintersten Hinterstübchen der Welt? An einem Ort, in den man sich nur vollständig zurückziehen kann? Die Ferien vom Ich sind vorbei. Das hat sie genau gespürt. Sie will wieder heim in die Welt.

Gerda schenkt Ida Alvises Ring, als diese sie in Lavertezzo besucht. Und Ida kann dem Ponte dei Salti nicht widerstehen.

Gerda verschwindet, reist über Ascona, wo sie sich Idas Personalausweis holt und eine schriftliche Wohnsitzabmeldung bei der Gemeinde abgibt.

Die Polizei forscht nicht lange nach in Lavertezzo. So eine zerschmetterte Leiche von den Steinen zu kratzen, das ist nichts Schönes. Unfall oder Selbstmord, was soll's! Das

Opfer geht das nichts mehr an. Der Grabstein auf dem kleinen Dorffriedhof ist sehr geschmackvoll, die Edelkastanien rauschen im aromatischen Talwind. Im Grotto »Mai morire« serviert bald einmal jemand anderes.

Gerda Wagner fährt durch den Gotthard-Tunnel. Sie heißt jetzt Ida Jelmini. Sie hat sich selbst ausgewechselt. Es gibt keine Gerda mehr, sie hat sich aus dem Staub gemacht, das Hasenpanier gezeigt, sich auf Französisch verabschiedet, die Flucht ergriffen, sie ist gänzlich verschwunden, um ganz neu zu werden.

Der Sommer 1998 ist klimatisch auf seinem Höhepunkt. Neben ihr im Zug sitzen zwei Herren im selben Alter wie sie. Die beiden hängen da in zerknitterten Leinenanzügen, schnauben, schwitzen und unterhalten sich lautstark und ohne Rücksicht auf Mitfahrende über kulturelle Angelegenheiten, etwa den Auftritt der Schweiz an der Frankfurter Buchmesse in diesem Herbst. Ein völlig überrissenes Ding sei es, meint der eine der beiden, der Gerda ganz plötzlich und erschreckend an Ziegler erinnert.

Reine Geldverloche, das Geld wäre viel besser an der Basis eingesetzt, aber mit dieser Kulturbürokratie sei sowieso alles am Arsch, tobt der andere Leinenanzug und spuckt während seiner Rede ziemlich herum, was Gerda wiederum an Schott erinnert. Sie steigt an der nächsten Station aus, etwas panisch, von den verwunderten Blicken der Leinenanzüge verfolgt, und nimmt den Zug, der auf dem gegenüberliegenden Gleis wartet.

Sie sitzt da, starrt durch das Fenster in die heile grüne Welt hinaus, die ab und zu von Wasserflächen abgelöst wird. Sie streicht sich das halblange, braune Haar hinter die Ohren, dann kratzt sie an ihren Fingernägeln herum und zupft zwischendurch an ihren Ohrläppchen. Sie versucht, ihr Hirn auszuschalten. Nun ist sie am Tod von zwei Menschen beteiligt. Sie hat niemanden vorsätzlich umgebracht, aber sie hat Schotts und Idas Tod benützt. Sie hat von diesen

Todesfällen profitiert. Sie trägt einen ganz schön großen Sack Vergangenheit mit sich herum. Aber es hat sich so ergeben. Ihre Gedanken machen sich frei. Gerda überlegt plötzlich, wieviel Adolf Hitler eigentlich in ihr steckt.

Es ist der Tag, an dem der Niederländer Dennis Bergkamp die Argentinier mit einem Jahrhunderttor aus dem Weltmeisterschaftsturnier kickt, als Gerda in Basel ankommt. Sie will nicht lange bleiben, sie hat das Gefühl, als ob sie an jeder Ecke in der Deutschschweiz auf Ziegler treffen könnte. Sie heißt jetzt Ida Jelmini, sie muss weg aus diesem Land, ein neues Leben wartet auf sie.

Am Tag, an dem Frankreich das Endspiel gegen Brasilien gewinnt, ist sie längst in Berlin. Da sie des Italienischen wie des Deutschen mächtig ist, findet sie bald einen Job, im dreckigsten Business der Welt, in der Politik. Sie profiliert sich bald als Dolmetscherin im Rahmen der deutschen Europapolitik.

Gerda geht als Traumwandlerin durch die Sitzungszimmer und Kongresshallen, ihr ist das alles egal. Es ist so eine Art Sühne, die sie leistet, dieses Milieu körperlich und geistig auszuhalten, ohne durchzudrehen oder sich der gängigen Eitelkeit anzupassen.

★

Ende 2009 begleitet Gerda als Übersetzerin eine Gruppe italienischer Lokalpolitiker, welche die deutsche Hauptstadt besuchen. Es stellt sich heraus, dass es sich um ältere Herren handelt, die einst alle der Kommunistischen Partei Italiens angehörten und nun mit dem Partito della Rifondazione Comunista, der Partei der kommunistischen Wiederbegründung sympathisieren. Sie wollen alle zu einer Veranstaltung mit dem Titel: »Was ist heute noch links? Widerstand als Folie der Affirmation.« Was für eine Ankündigung! Gerda liest ein ihr in die Hand gedrücktes Thesenpapier: »Heute kramen die Herrschenden wieder die brutalen und unbrauchbaren Rezepte neoliberaler Wirtschaftspolitik hervor: Sozialkahlschlag, Lohnkürzungen und Privatisierung öffentlicher Güter. Sie hoffen, ihre Kürzungspolitik unter dem Vorwand, Staatsschulden abbauen zu müssen, problemlos durchpeitschen zu können. An der Spitze dieser lernresistenten Neubelebung steht die Deutsche Bundesregierung, mit freundlicher Unterstützung von EU-Kommission und Internationalem Währungsfonds (IWF). In fast allen europäischen Staaten werden Sozialabbaupakete geschnürt, während die Banken und Reichen weiterhin gehätschelt werden.«

Die sympathischen Italiener wirken in dieser postmodernen Diskurshölle verloren. Offensichtlich gibt es zur Eindämmung der Herrschaft des Kapitals allzu viele Strategien. Bald muss Gerda nicht mehr übersetzen, denn die Après-Kommunisten verschwinden einer nach dem anderen aus dem Saal. Wahrscheinlich trinken sie schon lange Espressi mit ausgesuchten Schnäpsen, während Gerda weiterhin das Publikum beobachtet, welches sich im Wortgeschleudere und Affirmationsgedusel räkelt.

Ein recht stattlicher Herr auf der Bühne, dessen Namensschild Gerda von ihrer Position aus nicht lesen kann, meldet sich zum ersten Mal zu Wort. Er scheint in ihrem Alter zu sein, wesentlich älter als die hungrigen Jungfüchsinnen und -füchse sonst auf der Bühne.

Der Mann ist gut gekleidet, wie Gerda sieht. Er trägt eine dezente Krawatte und redet Deutsch mit einem auffälligen französischen Akzent. Er erzählt in präzisen, kurzen Sätzen von seiner eigenen Politkarriere. Er hat eindeutig Charisma. Gerda merkt das sofort. Als beinharter Trotzkist sei er 1974 im Auftrag der Weltrevolution in Portugal gewesen, als radikaler Grüner habe er danach bei den AKW-Gegnern im Auftrag der ökologischen Revolution mitgemacht. Danach sei er aufgestiegen, Mitglied in einer ökologischen Partei mit mehr Wählerstimmen und Posten geworden. Auch der

Wein zum Essen auf seinem Tisch sei immer teurer geworden und die eigene Karriere immer näher Richtung Zentrum der Macht marschiert. Ein paar junge Menschen im Publikum beginnen zu zischen und zaghaft zu pfeifen.

Bei der Jahreszahl 1974 ist Gerda zusammengezuckt. Sie erinnert sich an ihre eigene Geschichte. Dieser verdammte Opportunist da auf der Bühne, dieser Verräter, hat jedenfalls Mut.

Mittlerweile hat er den gesamten Saal gegen sich, indem er all den jungen und jüngeren Menschen, die hier herumdiskutieren, genau dieselbe Entwicklung wie seine eigene in Aussicht stellt, wenn sie nur clever genug sind. Gerda weiß nicht so recht, ob der Typ sein Geständnis ironisch oder wahrhaftig meint. Es kommt ihr so vor, als ob ein paar der am Diskussionstisch auf der Bühne Sitzenden durchaus in ein paar Jahren aus einem Ministerium grüßen könnten.

Der Diskussionsleiter rettet die von Pfiffen und lautem Dazwischenrufen ruinierte Veranstaltung in die Pause. Gerda nippt an einem jämmerlichen Kaffee im Plastikbecher, als sie der Krawattentyp anspricht. Er stellt sich höflich und mit gewinnendem Lächeln als Europaabgeordneter der französischen Grünen vor, den Namen versteht Gerda allerdings nicht richtig. Der Mann deutet auf ihre Koffeinplörre und lädt sie in ein richtiges Café ein. Gerda alias Ida Jelmini geht mit.

Der Typ will sie beeindrucken und versucht sein Votum auf der Bühne allgemeinphilosophisch abzufedern: »Wir sind uns ja wohl einig, dass der Hass auf die Gesellschaft das Privileg, sogar das Recht der jungen Menschen, der Jugend ist. Wie anders sollten sie auch reagieren als mit Ablehnung und Rebellion, sie kennen die Gesellschaft nur als Zwangsjacke, und sie kennen die Menschen noch gar nicht. Der Hass lässt erst nach, wenn man die Gesellschaft, die Menschen in ihr, besser kennt. Die Menschen, die schwach und brutal, hilflos, gemein und doch schön und großartig sind.«

Gerda trinkt ihren richtigen Espresso in kleinen Schlucken und denkt an ihre Rebellion. Sie will diesem Opportunisten von einer verlorenen Generation erzählen. Von Ziegler, Rademacher, Schott und ihr. Aber sie sagt ganz einfach, dass nur die Verräter bekannt und berühmt werden könnten. Dass sie von vornherein infizierte Krankheitsträger wären, und es nicht schade um sie sei, wenn sie in ihren Karrieren verschwänden.

Der Abgeordnete schüttelt den Kopf, lächelt und meint, dass er beeindruckt sei von diesem Votum und ob sie, er streckt den Kopf vor, um ihr Namensschild zu lesen, ob sie, Madame Jelmini, etwa auch so eine linke Biografie habe.

Gerda nickt, streicht ihr Haar hinter die Ohren und legt los: »Vielleicht haben wir für einen kurzen Zeitpunkt mit der alten Welt, den gebrauchten Möbeln aufgeräumt, Platz gemacht für etwas Anderes, Neues. Durch das Beispiel unseres merkwürdigen Lebens im Nichts, durch die Idee eines richtigen Lebens im falschen. Weil das quasi den Beweis ergab, dass das falsche Leben besser als gar keins ist. Vielleicht haben wir auch durch das schlechte Beispiel, das wir gegeben haben, Gutes getan. Ja, ich merke schon, dass ich Schrott daherrede.«

Sie bricht ab, aber der Typ schaut sie weiter bewundernd an.

Vierzehn Tage später fahren sie nach Paris. Gerda ist in der Stadt, in der man einen König geköpft hat, in der man die Revolution in allen möglichen Varianten ausprobiert hat. Ihr scheint, als ob auch heute noch, im Endstadium dieses vermaledeiten Kapitalismus, dort immer noch ein bisschen der Geschmack der Freiheit vorherrsche. Es schwingt immer noch etwas Aufruhr nach!

★ IV ★

Jérémy streckt sich auf dem französischen Bett des Apart'-Hotels aus. So feudal hat er noch nie logiert. Mitten in Paris, mitten in der großen Stadt. Da ist Basel ein Klacks dagegen. Ihm gefällt es hier. Die Stadt, das Leben, das summt und brummt. Er kommt sich ein bisschen vor wie in der mythischen Hauptstadt im Zentrum der Milchstraße, wo die galaktischen Sternenschiffe in bizarr-gewaltigen Docks landen und sich die Crew dieser Schiffe, die verschiedensten Lebensformen überhaupt, in den Bars der Kapitale merkwürdige Drinks aus Gas hinter die Binde oder zwischen die Kiemen kippen. Das Fremde macht Jérémy keine Angst, es gehört zu seinem Leben und es ist spannend. Er spürt auch genau, wie der Boden im Hotelzimmer leicht erzittert. Vielleicht sind das die Toten vom benachbarten Friedhof, die aus ihren Gruften hervorkommen wollen. Ihn befällt ein wohliger Schauer. Dann ist da auch noch diese irrwitzige Geschichte mit dem falschen Deutschlehrer und seinem alten Genossen oder Widersacher. Beide frühere Bankräuber. Dieser Rademacher wird sich wieder bei ihm melden. Auf alle Fälle ist die ganze Geschichte völlig crazy und die beiden alten Deppen sind große Unterhaltung. Entweder lügt einer von denen oder gleich beide sagen nicht die Wahrheit. Vielleicht sind die zwei auch komplett durchgedreht und die wirklichen Geschehnisse sind ganz anders, als sie in ihrem Altersstarrsinn herumspinnen. Jérémy wird sich überraschen lassen.

Er ist entspannt und geschmeidig, ihm geht es gut, nur Letty ist ihm ein bisschen zu hektisch. Sie telefoniert schon den ganzen Morgen herum. Der ganzen Welt muss sie mitteilen, dass ihre Mutter einen heimtückischen Überfall mitsamt Gehirnerschütterung erlitten hat, mitten in Paris. Man stelle sich das vor, am helllichten Tag ein so brutaler Überfall! Und das völlig schutzlos. Aber Eva werde bald wieder auf dem Damm sein, so dass sie heute noch entlassen werden und mit ihr, Letitia, dann gleich nach Hause, ins ruhige Basel reisen könne. Bei den Telefonaten geht es ziemlich laut und gefühlig zu und her.

Jérémy hat seiner Freundin nichts von dem erzählt, was er mit Rademacher und Ziegler erlebt hat, weder von der Schlägerei im Krankenhaus noch von den merkwürdigen Geständnissen der beiden Oldtimer. Letty würde das nicht verstehen und endgültig ausflippen. Jetzt ist sie glücklich, weil sie das Gefühl hat, ihre Mutter gerettet zu haben. Und dieser Ziegler, Evas Freund, der hat versagt und ist aus dem Fokus, der existiert nur noch irgendwo am Rande.

Gerade hat seine Freundin wieder jemanden am Draht, dem sie die ganze tragische Geschichte erzählen kann, möglicherweise ihrem Vater, denn Lettys Stimme ist sehr spitz. Jérémy kennt diese Stimmlage seiner Freundin, das lässt er gerne aus. Mit Handzeichen deutet er an, dass er ein bisschen frische Luft schnappen geht und flüchtet nach draußen, vors Hotel. Schließlich macht er die paar Schritte und steht am Eingang des Cimetière de Montmartre. Gleich da vorne ist eine Schautafel, auf der die prominentesten Gräber verzeichnet sind. Gar kein schlechter Ort, denkt er, Ritter des Todes allüberall. Neugierig sieht er sich um, als sein Handy klingelt.

Rademacher ist dran, und Jérémy hört genau, dass er versucht, ganz cool zu sein. Er sei zur Überzeugung gelangt, dass er mit Ziegler reden müsse, meint der Alte zum Jungen, unbedingt, da gebe es einiges auszudiskutieren. Aber ohne Gewalttaten. Deswegen bitte er ihn, Jérémy, als Vermittler zu agieren. Es gehe um einen neutralen Ort, wo man sich ohne Stress treffen und reden und Informationen austauschen könne. Denn offensichtlich herrsche diesbezüglich ein gewisses Chaos.

Jérémy hört Rademacher ein bisschen beim Rumdrucksen zu und wird dann gefragt, ob er sich das zutraue, dieses Treffen zu vermitteln und ob man ihm denn in gewisser Weise vertrauen könne?

Jérémy fühlt sich fast etwas verletzt in seinem Stolz, aber er gibt ganz locker sein Einverständnis. Kein Problem, es sei ihm sozusagen eine Ehre. Er hört, wie Rademacher am anderen Ende der Leitung aufatmet und dann meint, dass er sich also später wieder melden würde.

Jérémy steckt sein Handy weg und merkt dann, dass er vor dem Grab Henri Beyles alias Stendhal steht. Das war seine Französischmatura. *Le Rouge et le Noir* hat er gerne gelesen. Das hat ihn sehr romantisch bewegt und fasziniert, das Schicksal des Opportunisten Julien Sorel. So war dann auch sein Künstlername in der ersten Rockband, in der er gespielt hat. Die Combo hatte nicht lange Bestand, denn seine Mitmusiker nannten sich Johnny Urini und Alien Anthrax.

»Arrigo Beyle, Milanese, scrisse, amo, visse« steht auf dem hässlichen Grabstein. Jérémy kann sich erinnern, dass Stendhal in einem der zehn Testamente, die er zu Lebzeiten verfasste, seine Grabinschrift vorgegeben hat, aber in einer anderen Reihenfolge, als es hier schlussendlich in den Stein gehauen ist: »Visse, scrisse, amo«. Stendhal wollte erst leben, dann schreiben, die Nachwelt meint, dass es andersrum sein soll. Nun gut! Jérémy ist trotz aller musikalischen Flausen ein ernsthafter junger Mann, dem solche Sachen seine Gedanken wert sind.

Wieder klingelt sein Handy. Letty. Wo er denn bliebe? Sie müssten langsam zu Eva und die Rückführung nach Basel organisieren. Jérémy beruhigt seine Freundin, dass er unten vor dem Hotel stünde und bereit zum Abmarsch sei. Im Krankenhaus wird er dann wohl diesen Ziegler treffen und ihm Rademachers Verhandlungsangebot unterbreiten können.

Von Evas Freund fehlt dort allerdings jede Spur. Also drückt Jérémy sich im Hintergrund herum, während Mutter und Tochter sich halten und herzen. Eva Schaub darf am Nachmittag aus dem Krankenhaus austreten. Sie ist sehr aufgeregt. Mittlerweile sagt sie alles nur noch zweimal, um dann innezuhalten und dem Klang ihrer Stimme hinterherzuhorchen. Letty schluchzt immer wieder mal los und drückt auf ihrem Handy herum. Jérémy weiß nicht so recht, was er machen soll. Er prescht vor, um seine Freundin zu halten, wenn deren Tränen zu fließen beginnen, doch die liegt schon in den Armen ihrer etwas ratlos dreinschauenden Mutter. Also zieht sich Jérémy wieder zurück.

Plötzlich geht die Tür auf und eine etwas aufgebauschte ältere Dame ganz in Schwarz betritt das Krankenzimmer. Ein Auftritt mit Engelschor und Teufelstrompeten, auf der Oberfläche einer gefüllten Nierenschüssel neben dem Krankenbett entstehen Turbulenzen und Ringe, mikroskopischer Staub wirbelt vom medizinischen Gerät auf, verdichtet sich zu Gewitterwolken, Dampf quillt, elektrisches Zucken längs und quer. Wahllos umarmt die füllige Dame alles, was ihr vor den Körper kommt.

Um Himmels willen, Jérémy kennt diese Person. Das ist eine gute Freundin von Lettys Mutter. Irma Kollbrunner ist Radiojournalistin, eine allgemein bekannte Figur in Basel. Was macht die denn hier? Nicht nur Jérémy nennt sie heimlich Irmageddon. Dieser Übername trifft es glänzend. Sie ist eine Kulturschabracke sondergleichen. Ist immer wie selbstverständlich dabei, wenn in Film und Fernsehen das Spektakel und die Prominenz in der Stadt am Rheinknie regieren. Offensichtlich ist sie von Letty alarmiert worden und hat sich gleich in den TGV nach Paris geworfen. Jérémy bedauert spontan die armen Menschen, die rund um sie ihre Zugplätze hatten. Er retiriert aus dem Krankenzimmer.

Unten im Eingangsbereich sieht er Ziegler sitzen. Dem scheint es nicht gutzugehen. Völlig zerknautscht hängt er schräg im Stuhl, als ob er dort die Nacht verbracht hätte. Jérémy bleibt stehen.

»Ich hab gerade vor mir die berühmt-berüchtigte Radiotante hochrauschen sehen, da bin ich lieber hier unten geblieben.«

»Irmageddon! Das ist eine alte Freundin von Eva.«

»So nennst du die? Passt prima! Na ja, das sind so die Begleitumstände, mit denen man nicht rechnen kann, wenn man sich in meinem Alter auf einen fremden Menschen einlässt. Du bist seit Jahren in deiner eigenen Blase, in deiner gewohnten Welt, in deinem Rhythmus, und dann haut dir das einfach eins aufs Hirn, das gänzlich andere Umfeld der Person, auf die du dich einlässt. Und du arme Sau musst lächeln und das Verständnis aufbringen, das erwartet wird, ja, du solltest dich auf deine alten Tage noch ändern, dass … Egal, setz dich zu mir, wir warten hier unten, wie sich die Dinge da oben weiter entwickeln.«

Jérémy weiß, dass er jetzt nicht mit der Tür ins Haus fallen darf, aber es ist ihm mittlerweile ein persönliches Anliegen, dass die beiden alten Kämpen noch einmal zusammenkommen. Also biegt er ganz vorsichtig das Gespräch in diese Richtung. Zieglers erste Reaktion schockiert ihn nicht.

»Ach, leck mich doch am Arsch!«

Jérémy betrachtet den alten Mann neben sich, der sich hektisch an den Unterarmen kratzt. Er tut ihm leid. So einer hat einst einen Banküberfall gemacht, um die Welt zu verändern und besser zu machen. Das bewundert Jérémy, aber Ziegler hat das offensichtlich nicht viel gebracht und auch die Weltrevolution ist dadurch nicht angeheizt worden. Er staunt sowieso über das antike Politverständnis der ehemaligen Sozialrebellen. Revolution und Proletariat, haben die beiden und die Leute früher wirklich an so etwas geglaubt? Er selbst ist auch ein Kritiker der Zustände, denn so viel besser ist es heute auch nicht.

Wenn er jetzt sagen sollte, was ihn alles stört, dann könnte er gar nicht mehr aufhören damit. Nur schon die Schule, in der sie, notabene junge Erwachsene, behandelt werden wie Vollidioten, von unfähigen, frustrierten Lehrern. Keiner traut einem Jugendlichen etwas zu. Dabei sind sie doch die Zukunft. Wer sonst? Kein Freiraum, kein Wohnraum …

Jérémy fällt ein, dass es bei den beiden alten Fuzzys damals wohl nicht anders gewesen sein wird. Aber er würde nie eine Bank überfallen, einfach so auf Verdacht hin. Daher muss die Theorie von der Zunahme der menschlichen Vernunft im Laufe der Geschichte doch irgendwie stimmen.

Ziegler neben ihm räuspert sich und versucht geradezusitzen.

»Junger Mann, nicht dass du mich falsch verstehst, aber warum kümmerst du dich eigentlich um zwei so alte Deppen wie Rademacher und mich? Bei uns gibt es nicht viel zu holen. Oder bist du ein Genosse oder was?«

Was soll Jérémy dem ehemaligen Sozialbanditen erwidern? Dass er sie mikroskopieren will, wie eine längst vergangene, verschwundene Spezies genau beobachten, untersuchen? Er murmelt, dass er für die Freiheit sei, gegen die neoliberale Weltregierung, gegen die Banken, für Occupy und so.

»Ach, du bist einer der seltenen Jugendlichen, die nicht der neue Superstar im Privatfernsehen werden wollen, einer von den Jungs, die nicht Shoppen in Shanghai oder Tauchen in Tasmanien wollen. Oder Windsegeln in Wladiwostok. Bist auch nicht einer von denen, die sich jedes Wochenende zupicheln, weil man dazu sein Gehirn nicht braucht. Na ja, ich bin wohl ein böser alter Mann …«

Jérémy pariert: »Man kann nicht das Glück befördern, solange man ein grimmiger, freudloser Revolutionär ist, der die persönliche Erfüllung und Selbstverwirklichung irgendeiner Sache widmet. Man muss die neue Gesellschaft schon im alten Gehäuse aufbauen! Direkte Aktion bedeutet, dass man sich so verhält, als ob man schon frei wäre. Propaganda der Tat!«

Ziegler lacht auf: »Gut zitiert, Jungchen, das ist, wenn ich mich nicht täusche, von David Graeber. Früher war das meine Domäne, das Zitieren. Praktisch eine Kunstform. Jedenfalls viel Glück bei deinem Kampf. In diesem Falle ist dir ja hoffentlich klar, dass du und deinesgleichen seit geraumer Zeit das einzig übrig gebliebene revolutionäre Subjekt der Geschichte seid, ihr, die Jugend! Das hat ein Mann namens Isou hier in Paris herausgefunden. Der war so eine Art Elvis Presley der künstlerischen Avantgarde. Er wollte eine neue Welt erfinden, hat Experimente mit Lautgedichten und schlicht nicht anschaubaren Filmen gemacht und dabei die Jugend als das neue Proletariat entdeckt. Der war ein bisschen ein Spinner, aber das mit der Jugend, die immer ausgeschlossen ist aus den gesellschaftlichen Vorgängen und daher stets revoltieren muss, Hut ab vor dieser Erkenntnis. Also, junger Mann, erweise dich deiner Aufgabe würdig!«

Jérémy hat den Namen Isou noch nie gehört, muss er auch gar nicht. Das ist doch klar, das hört ja nie auf, Teenage Riot, das immer wieder aufflatternde Ungemach für die Herrschenden.

Ziegler gibt ein paar merkwürdige Knurrlaute von sich, so dass sich Jérémy ihm wieder zuwendet.

»Also, die Jugend hat immer recht, verstanden! Aber eines Tages bist du kein Jugendlicher mehr. Je länger man jung ist, desto plötzlicher wird man alt. Dann wird es schwierig. Aber vielleicht ist es gut, wenn ich mich mit Rademacher treffe. Zwei alte Deppen auf dem Weg ins Nirgendwo. Bevor der mich abmurkst, komme ich ihm noch zuvor. Außerdem schuldet mir der Typ noch Geld.«

Jérémy meint, Rademacher verteidigen zu müssen: »Der ist ganz sicher kein Killer. Das muss alles ein Missverständnis sein.«

»Misch dich nicht in fremde Angelegenheiten ein, Kleiner. Ruf dieses Arschloch an und frag ihn nach einem Treffpunkt.«

Wortlos steht Jérémy auf und geht nach draußen. Er sieht im Spiegeln der Glastür, wie Ziegler hilflose Armbewegungen macht und sich dann aus dem Sessel hochrappelt, um ihm hinterherzulaufen.

Etwas später hat Jérémy Rademacher am Handy. Er habe mit Ziegler geredet, ihn überzeugt und zu einem Treffen überredet.

»Mit Engelszungen?«, fragt der wölfisch Hustende.

»Was?«

»Na, der alte Vollidiot hat doch ganz sicher Zicken gemacht? Du hast ihm doch gesagt, dass ich nichts mit dem Tod von Gerda und Schott zu tun habe, oder?«

Jérémy versucht, die schon wieder hochkochende Emotion aus der Diskussion zu nehmen.

»Ein Treffen ohne jede Vorverurteilung. Jeder erzählt seine Sicht der Dinge. Keine Waffen, keine Aggression!«

Jérémy schüttelt den Kopf, während Rademacher am anderen Ende der Leitung erneut ausflippt.

»Und Ziegler, der Drecksack, der kommt dafür mit den Bullen, oder was?«

Jérémy bleibt ganz ruhig: »Ziegler hat als Treffpunkt den Friedhof Père Lachaise vorgeschlagen, direkt vor dem Grabmal der Konföderierten.«

Rademacher hustet: »Und ich schlage das Petit Palais vor, im Erdgeschoss, dort treffen wir uns vor Courbets Gemälde von Pierre-Joseph Proudhon.«

Jérémy versucht noch einmal zu vermitteln, denn Ziegler meint, er gehe in kein offizielles und öffentliches Museum, diese Friedhöfe der Kultur. Rademacher seinerseits erwidert, dass er nirgendwohin gehe, wo ein christliches Kreuz sei. Wenn Ziegler nekrophile Neigungen habe und ihm einer abgehe vor dem Grab eines Kommunarden, dann sei das nicht sein Problem.

Jérémy lacht bei diesem Streit um einiges wölfischer als Rademacher. Er ist trotz seiner jungen Jahre möglicherweise der geborene Krisenmanager, aber gegen diesen senilen Starrsinn kommt er doch nicht an.

»Na, dann gibt es halt kein Treffen in Paris. Ich muss sowieso demnächst in die Schweiz, zum Doktor nach Basel«, meint Rademacher. »Kann ich mich bei dir melden, wenn ich dort bin? Ziegler, die schiefe Null, wohnt doch sicher auch in dieser humanistischen Tantenstadt?«

Jérémy bejaht. Er überlegt schon, wie er die beiden Oldies dort am besten zueinanderlotsen kann, vielleicht der eine auf der Großbasler Rheinseite, der andere auf der Kleinbasler. Kommunikation mittels Rauchzeichen. Oder möglicherweise im Stadion Sankt Jakob, Ziegler auf der einen Seite der Tribüne, Rademacher auf der Gegengerade, beide mit einem Megafon ausgerüstet, mit dem sie sich ihre Invektiven um die Ohren hauen können.

Ein Anruf von Letty unterbricht seine Gedanken. Imperativ! Irma Kollbrunner habe noch vier Plätze für sie im TGV Lyria von 18.23 Uhr nach Basel ergattert. Sie würden also noch heute heimfahren, leider auch Ziegler, dieser Loser. Sie, Letty, hätte den Typ ja am liebsten in Paris zurückgelassen, aber Eva wolle das nicht. Sie hoffe nur, dass ihrer Mutter endlich die Augen aufgegangen seien, was für eine Lusche dieser Mann sei, wenn er sie nicht einmal vor einem Überfall schützen könne.

Jérémy lächelt vor sich hin, nachdem er das Gespräch beendet hat. Wenn Letty wüsste, was er weiß, dann würde sie noch mehr jubilieren, ja, hyperventilieren. Irgendwann muss er ihr alles von Ziegler erzählen, aber nicht jetzt. Er ist fasziniert von diesen beiden alten Männern. Nein, fasziniert ist nicht das richtige Wort. Er will wissen, was mit diesen beiden Typen los ist, aber er will sie auch, na ja, schützen. Sie sind Genossen! Der Ausdruck gefällt Jérémy, auch wenn er hoffnungslos altmodisch klingt. Er eilt zurück ins Krankenhaus, um beim sicherlich aufwändigen Aufbruch nach Basel mitzuhelfen.

Jérémy klemmt im engen Sitz des TGV und summt vergnügt vor sich hin. Trotz der dicken Kopfhörer, aus denen die unvergleichliche Amanda Palmer in sein Gehör und sein Gehirn dringt, hat er Augen für seine Umwelt. Ein korpulenter Herr auf der anderen Seite des Ganges versucht verzweifelt, eine bequeme Sitzhaltung einzunehmen und touchiert dabei ständig seine Nachbarin, eine elegant gekleidete Dame, die sich immer weiter in ihr Eckchen zurückzieht. Dabei ist ihr Gesicht vor Ekel verzogen, solange sie der Dicke nicht ansieht. Ihr Antlitz überzieht aber sofort ein strahlendes Lächeln, wenn sich der Fettsack ihr zuwendet und sich möglicherweise für seine korpulente Ungeschicktheit entschuldigt.

Das Verhalten der Menschen fasziniert Jérémy. Im Sitz neben ihm ist auch ständige Unruhe. Letty dreht sich immer wieder nach ihrer Mutter um. Eva sitzt drei Reihen weiter hinten am Fenster, neben sich Ziegler. Der Mann sieht echt mitgenommen aus, verquollene Augen, graue Gesichtsfarbe, Bartstoppeln, den Mund zu einem Strich zusammengepresst. Eva wendet ab und zu ihren verbundenen Kopf zu ihm hin, sagt aber nichts. Als Jérémy schon einen Platzwechsel Mann zu Mann, Frau zu Frau vorschlagen will, lehnt Letty plötzlich ihren Kopf an seine Schulter und drückt fest seine Hand. Wenn sich der junge Mann jetzt noch umdrehen könnte, sähe er, dass auch Eva Schaub ihren Kopf an Zieglers schiefe Schulter gelehnt hat, die Augen geschlossen, lächelnd.

Jérémy kann selbstverständlich auch nicht sehen, dass Irma Kollbrunner, die am nächsten Morgen mit dem TGV nach Hause fährt, neben einem nervösen älteren Herrn sitzt, der sein langes graues Haar zu einem spärlichen Pferdeschwanz zusammengebunden hat. Schnell sind die beiden im Gespräch und Eva Schaubs Freundin erfährt, dass der Mann nach Basel zum Doktor fährt, wegen seiner Lunge. Nein, nein, nichts Schlimmes, er rauche nur zu viel.

Man unterhält sich glänzend. In Dijon muss der ältere Herr unbedingt schnell raus, um auf dem Bahnsteig ein

Zigarettchen zu schmauchen. Irmageddon hält ihm unterdessen den Platz frei. In Mulhouse sind die Handynummern getauscht. Man wird sich in Basel demnächst zwanglos zum Essen treffen.

★

Rademacher kommt pünktlich in Basel SBB an. Er sieht noch der mit ihrem Riesenrollkoffer breit wie ein Schlachtschiff davonrauschenden Irma nach und hat ihr Parfum in der Nase. Was für eine Frau! Schwer beeindruckt ist er. Er fährt mit der Trambahn auf der schönen mittelalterlichen Brücke über den bedächtig dahinfließenden Rhein. Er kommt auf die mindere Seite der Stadt, ins sogenannte Kleinbasel, und steigt am Messegelände aus. Hier ist die Hölle los. Rademacher liest es auf Fahnen und Transparenten: »BaselWorld«. Uhren- und Schmuckmesse. Schön für diese sowieso schon reiche Stadt, wenn sie Verbrecher aus aller Welt anzieht, die ihr unrecht erworbenes Gut in teuren Klunkern und Uhren anlegen wollen.

Rademacher geht zu Fuß weiter, geradeaus in Richtung Badischer Bahnhof, als Bauwerk ein Klassiker nationalsozialistischer Architektur. Auf der andern Seite der Schwarzwaldallee hat sein Kumpel seine Praxis und zwei Häuser weiter seine Wohnung. Gut, dass er bei ihm übernachten kann, denn eben wegen jener Messe ist jetzt in Basel kein Hotelzimmer mehr frei.

Doktor Giuliano war einst auch in der Landkommune im Schweizer Mittelland. Er ist ein paar Jahre jünger als Rademacher und schaut wie immer fit wie ein Turnschuh aus. Er untersucht den alten Kumpel und schüttelt das präzise kahl geschorene Haupt. Er hört die Lunge seines Patienten ab und seufzt sorgenvoll. Seine Prognose ist kurz und bündig: Unbedingt mit dem Rauchen aufhören und wenn Rademacher wolle, dann besorge er ihm gleich morgen einen Check im Universitätsspital, Krebsvorsorge und so. Er sei da gefährdet, das müsse ihm schon klar sein.

Rademacher hört noch ein paar interessant klingende Namen für seine eventuelle Krankheit, versteht aber immer nur Krebs. Okay, dann ist das also das Ende. Krebs. Er wankt aus dem Sprechzimmer von Doktor Giuliano, kramt sein Handy aus der Tasche, hustet ausgiebig und versucht, den Jungen zu erreichen.

Ziegler hat seit seiner Rückkehr aus Paris nichts mehr von Eva gehört. Nun gut, es ist erst anderthalb Tage her, aber trotzdem, es erscheint ihm als schlechtes und vielleicht auch endgültiges Zeichen. Letty hat ihre Mutter gehalten, gestützt, gehätschelt und hermetisch umstellt, er hat sich am Bahnhof kaum von ihr verabschieden können. Für einen kurzen Moment hat dieser Jérémy seine Freundin zur Seite genommen, so dass er drei, vier Worte mit Eva wechseln konnte. Sie hat immerhin gesagt, dass sie ihn anrufen würde. Egal, Ziegler ist sowieso gerade nicht in der Stimmung. Dieses verdammte Gör, diese Letitia hat in seiner Wohnung herumgeschnüffelt. Das hat er sofort bemerkt. Die hat ihre Pfoten an Ehrenstein und *Ritter des Todes* gehabt. Die Zeitungsausschnitte und das Foto stecken am völlig falschen Ort, normalerweise sind sie jeweils auf den ersten Seiten seiner Lieblingserzählungen in diesem Buch versorgt: »Nepomuk Kiwi«, »Tubutsch«, »Passion« und »Wudandermeer«. Ziegler liest ein bisschen: »Für mich seh ich nichts als Krankheit und Tod. Zur Strafe dafür, dass ich nur träum und nichts tu.« Muss dieser Ehrenstein immer so prophetisch daherkommen und dabei auch noch recht haben? Aber der alte Hypochonder, Zweifler und Zauderer Ehrenstein glaubt trotz allerschlechtester Erfahrungen an das Gute im Menschen. Ziegler tut das nicht. Er stellt das Buch sorgsam ins Regal zurück.

Seine Ahnungen in Paris haben ihn also nicht getrogen. Und wenn die kleine Kröte Letty nicht schon alles weiß, dann wird ihr Freund Jérémy nicht die Klappe halten können, wenn sie ihn bedrängt. Wenn der Junge nicht schon alles erzählt hat, mit dem flinken Mundwerk der Jugend!

Ziegler flucht leise in sich hinein. Seine verdeckelte Vergangenheit. Aber scheiß doch der Hund drauf! Eva kann er eh vergessen. Er setzt sich an den Schreibtisch und beginnt einen Brief an sie. Launig soll er sein, originell und ein bisschen literarisch, kulturell wertvoll. Aber er kann bloß ein blödes Herz malen, das er schamvoll wieder verkritzelt. Nächster Versuch. Kultur schreibt er hin aufs Blatt, Kultur mit dir, Kultour, Cooltour, ein bisschen Gekritzel, Knalltour, Kuttelruh, Kokolores, Kakerlaken. Krulltur schreibt er auch und denkt einen Moment hasserfüllt an Rademacher. Nein, nicht hasserfüllt, er merkt überrascht und etwas verwirrt, dass er mit einer gewissen Zuneigung an den alten Deppen denkt.

Ziegler kriegt keinen vernünftigen Gedanken in seinem Kopf gebacken und sein Körper ist ein Hautsack mit einem völlig durcheinandergeratenen Innenleben. Ein Chaos aus Muskeln, Sehnen, Nerven, Blut, Knochen und Knorpel, die ungeordnet und nur noch notfallmäßig von einer Plastikhaut zusammengehalten werden. Wird diese aufgeschlitzt, ist alles am Arsch. Wer hält das Messer dazu in der Hand?

Als das Telefon klingelt, hat Ziegler zuerst die närrische Hoffnung, dass es Eva ist.

»Rademacher, du verdammter Killer, woher hast du meine Telefonnummer?«

»Vom Jungspund, diesem Jérémy. Hör zu, Ziegler, mir bleibt nicht mehr viel Zeit. Ich hab wahrscheinlich Krebs. Ich bin hier in Basel. Treffen wir uns. Wie wäre es mit dem Kunstmuseum? In der Sammlung, vor diesem Hodlergemälde vom Genfersee. Das mit den dicken Wolken rundherum, es beruhigt ungeheuer, wenn man das anschaut!«

»Himmelarsch, seit wann bist du denn so ein Kunstfreak, Rademacher? Ja, von mir aus, dann treffen wir uns dort. Ich pfeife so aus dem letzten Loch, dass es mir mittlerweile wurscht ist, ob ich in einem Museum, einem Kulturfriedhof, krepiere. Und denk dir eine gute Geschichte aus, was Schott und Gerda betrifft, du mieser Verräter!«

»Du Hysteriker bist doch an dem ganzen Unheil Schuld!«

»Halt die Klappe, du Judas, du verräterische Ratte!«

Trotzdem treffen sich die beiden am nächsten Morgen in einem Seitenflügel des Basler Kunstmuseums. Ausgerechnet Hodler, denkt Ziegler, als er die breite Steintreppe im Museum hochsteigt. Ausgerechnet Hodler, der Maler, den sich auch rechtspopulistische Bundesräte an die Wand hinter dem protzigen Schreibtisch hängen. Und seit wann ist der früher eher bildungsferne Rademacher plötzlich so ein Kunstliebhaber? Da sitzt er auch schon, auf dem Bänkchen vor dem wunderbaren Gemälde »Der Genfersee von Chexbres aus« aus dem Jahre 1905. Weiße Wattewollewolken umkränzen das Wasser, das atemberaubende Blau des Himmels korrespondiert mit dem des Sees. Das Auge verliert sich in der Mitte des Bildes, knapp über dem Wasser, wo es vom Maler mittels Hypnose hingeführt worden ist. Ziegler setzt sich neben Rademacher und wird auch in das Bild gesogen. Die beiden ehemaligen Genossen sitzen auf der harten Holzbank und können ihre Augen fast nicht mehr losreißen vom zauberischen Blau.

Ziegler sieht schließlich auch das Hodlerbild links neben dem Genfersee. *Enttäuschte Seele* heißt es, zeigt einen Mann, der ebenfalls auf einer harten Bank sitzt, der verzweifelt nach vorne gebeugt den Kopf tief gesenkt hält. Ziegler kommt es plötzlich so vor, als wenn er in einen Spiegel blicken würde. Rademacher neben ihm, der unsensible Kerl, starrt immer noch auf den See und die Wolken, die sich spiegeln in der Tiefe und überall sind.

Die enttäuschte Seele holt Ziegler in die Wirklichkeit zurück, er räuspert sich.

»Schott ist von einem seiner Kunstwerke erschlagen worden, zwölf Jahre nach unserem gottverdammten Banküberfall. Gerda war davon überzeugt, dass es Mord war. Dass jemand den Stein auf Schott gestoßen hat, nämlich du, Rademacher! Wieder zwölf Jahre später stürzt Gerda von einer Brücke im Tessin, keiner weiß, ob Mord oder Selbstmord …«

»Gerda und Selbstmord! Dass ich nicht lache.« Rademacher hustet.

»Eben, ich glaube auch an einen Mord, durch dich nämlich, weil Gerda wusste, dass du Schott auf dem Gewissen hast!« Ziegler richtet sich gerade auf, auch wenn ihm das unbequeme Holzbänkchen auf den Steiß drückt. Jetzt muss alles raus: »Du bist an allem Schuld, was immer auch passiert ist. Kaum bin ich in Paris, wird meine Freundin überfallen. Und wer treibt sich zur selben Zeit in der Metropole herum? Du selbstverständlich, der Killer vom Dienst!«

»Du spinnst total!« Rademacher reibt sich die Stirn. »Ich wohne seit gut zwanzig Jahren in Paris. Da tauchst du plötzlich auf und störst mein Exil mit deinem hysterischen Anhang. Nein, sag nichts, Ziegler, ich erzähle dir jetzt, was ich weiß. Damals, kurz vor Schotts Tod, wollte ich zu ihm, in sein Atelier in Perlach, wegen dem Banküberfall. Ich wollte ihm das Geld geben, wollte die blöde Kohle los sein. Deinen und Gerdas Anteil habe ich auch dabeigehabt. Ich hab das Geld ja erst später angerührt, ein bisschen was ist immer noch da. Aber bei Schott war schon Gerda. Ich habe sie gehört. Wütend war sie, herumgeschrien hat sie, kennst du ja!«

Ziegler nickt, das kennt er nur zu gut: »Du willst behaupten, dass sie Schott umgebracht hat?«

»Keine Ahnung, das weiß ich nicht. Ich bin gleich wieder abgehauen. Ich war ziemlich verwirrt, ich hab mir vorher *Terminator* angesehen. Gerda war wie eine dieser Maschinen.«

Ziegler starrt Rademacher ungläubig an: »Ich glaube, dass du total spinnst! Und was ist das für ein Blödsinn mit dem Terminator? Hasta la vista, Baby, oder was?«

Rademacher grinst verlegen und redet leise: »Ich weiß nicht, ob du informiert bist, aber Gerda hat auch mit mir geschlafen, und als ich damals abgehauen bin, war sie extrem sauer, dass ich sie zurückgelassen habe. Ich schwöre bei der Autowerkstatt meines Vaters, die mittlerweile von meinem Neffen geführt wird, dass ich nichts mit den beiden Todesfällen zu tun habe.«

»Du Mistkerl! Gerda hat mich mit dir betrogen?«

Rademacher senkt das Haupt, aber nicht schuldbewusst. Er denkt an Gerda. Kreuzkruzifix, was für eine Frau!

Auch Ziegler denkt an Gerda. Sein ursprünglicher Ärger verfliegt. Altersweisheit umflort ihn. Gopfertori, was für eine Frau!

Rademacher hustet und fährt fort: »Das mit Schott war sicher ein Unfall. Der hat tatsächlich an so Riesenfelsen herumgehauen und daraus Kunst gemacht. Aber Gerda im Tessin, Himmelarsch, keine Ahnung! Aber jetzt noch was, Ziegler, warst du je zusammen mit Gerda im Tessin, im Centovalli, in Intragna?«

»Wir haben dich gejagt, du Ratte!«

Für kurze Zeit sieht es so aus, als ob sich zwei ältere Herren in der Sammlung des Basler Kunstmuseums, in einem Seitenflügel im dritten Stock, prügeln wollen. Rademacher möchte am liebsten den blauen See samt Wolken von der Wand reißen und Ziegler damit traktieren. Der tendiert eher dazu, die *Enttäuschte Seele* seinem Ex-Genossen um die Ohren zu hauen. Aber auch in die verkalktesten Gehirne fällt manchmal ein Funke der Vernunft. Die beiden lassen die erste Wut verrauchen und gehen ins Erdgeschoss, in das Restaurant des Museums, wo sie jeder eine Halbe trinken und dann noch eine. Darüber wird das Zwiegespräch dann doch zivilisiert.

»Ich komme nicht mehr klar mit den Menschen, Rademacher. Diese Eva da, die mich jetzt für den letzten Halbschuh hält, das wäre was fürs Alter gewesen. Aber ich kann mich nicht mehr anpassen, kann kein Interesse mehr heucheln an Sachen oder Personen, die nicht in mein Weltbild passen. Ich sitze der Frau gegenüber, höre ihren Seelenerguss und denke, das ist nicht mein Sonnensystem, das ist Alpha Centauri. Und ich erinnere mich voll Verzweiflung, dass man vor dreißig Jahren einfach miteinander ins Bett gegangen ist, wenn man sich nichts zu sagen hatte.«

Rademacher unterdrückt das unbändige Verlangen nach einer Zigarette und bestellt ein drittes Weizenbier.

»Wir sind alt, Ziegler. Urgestein, aber verkalkt! Ich habe ja auch nur zugeschaut, wie die Jahre an mir vorübergezogen sind. Als Gegenmittel wollte ich sogar mal eine Familie gründen. Wir sind eigentlich nur biologisch alt, sonst sind wir berufsjugendliche Psychowracks. Langsam aber nimmt die Erkenntnis überhand, dass das Ende naht. Ich habe mir lange überlegt, wie beispielsweise meine Altenversorgung aussieht, damit ich die letzten paar Jahre noch überstehen kann. Ich sage dir, es gibt nur eines, das optional sicher ist. Das Verbrechen!« Rademacher ist von seinen eigenen Worten überrascht, aber es klingt wirklich stringent: »Klappt das Verbrechen, hat man genug Kohle, klappt es nicht, ist man in einer staatlichen Versorgung untergebracht. Fernsehen, Bücher, Freizeitsport, optimal. Du weißt ja, dass diesbezüglich in der Schweiz die Kuscheljustiz vorherrscht.«

»Meinst du das ernst, Rademacher? Kuscheljustiz ist ein Schlagwort der reaktionären Volkspartei! Hast du denn keine Leidenschaft mehr in dir? Kannst du dich an die Euphorie erinnern, an das Adrenalin, damals bei unserem Banküberfall?«

»Adrenalin? Euphorie? Ziegler, du warst schon immer ein Großillusionär. Ich hatte Muffensausen, als ich im Kadett auf euch gewartet habe, mir hat das Arschwasser gekocht wie nichts Gutes.«

»Mir ist es während des Überfalls auch nicht besonders gutgegangen, aber trotzdem. Vielleicht sollten wir unseren Lebensbogen sozusagen mit einem weiteren Banküberfall beenden.« Ziegler kneift beide Augen zusammen und reibt Mittel- und Zeigefinger aneinander: »Wie viel ist eigentlich noch von der Glonner Beute vorhanden? Oder hast du alles verbraucht?«

»Wir könnten durchaus einen ordentlichen Betrag in ein neues Verbrechen investieren, Genosse. Aber weißt du, wie gesichert und überwacht diese Einrichtungen heute sind? Keine Chance mehr für Bonnie und Clyde!«

Die beiden alten Kämpen sehen einander an, beide kneifen sie die Augen zu, als ein und derselbe Gedanke in ihren Gehirnen Form annimmt.

»Hör mal, Ziegler, BaselWorld, diese Uhren- und Schmuckmesse hier, ist die nicht, wäre die nicht…« Rademacher bricht den Satz ab und sieht seinen Genossen an. Der hat ihm aber gar nicht zugehört und flüstert nun seinerseits: »Hör mal, Rademacher, diese Uhren- und Schmuckmesse ist bekannt dafür, dass praktisch jedes Jahr ein ebenso aufsehenerregender wie erfolgreicher Raub dort stattfindet.«

Es ist einen Moment lang ganz still im Restaurant des Basler Kunstmuseums. Niemand isst, trinkt, bestellt, will zahlen, klappert mit dem Geschirr. Ein Moment der schrecklichsten Ruhe. Dann hustet Rademacher und klopft Ziegler zustimmend auf die Schulter. Der überlegt einen Moment und fährt fort: »Das Beste ist, dass ein Überfall dort eigentlich ein revolutionärer Akt ist. Diese BaselWorld ist eine Drehscheibe für ›Dirty Gold‹. Für das Edelmetall wird beispielsweise in Südamerika die indigene Bevölkerung ausgebeutet und umgebracht. Goldkonzerne dringen in die Regenwälder vor. Das peruanische Minenunternehmen Minera Yanacocha verletzt eklatant die Menschenrechte. Das so geförderte Gold, Rademacher, das ist dann hier auf dem Markt, in den Messehallen von Basel.«

»Ja dann, Kruzitürken, überfallen wir halt diese dreckige Schmuckuhrenmesse und erleichtern das Pack um sein Drecksgold. Auf geht's!«

Ziegler steht kerzengerade und Rademacher umarmt ihn gravitätisch.

Später sitzen sie im »Goldenen Fass« unter Nerds und Hipsters und mampfen gratinierte Feige mit Ziegenkäse auf kandierten Nüssen.

»Angenommen, wir lassen es noch mal krachen bei dieser Uhren- und Schmuckmesse, dann bedenke eines, Ziegler, bei einem Raubzug oder Überfall ist die Flucht immer das Wichtigste. Mit einem Opel Kadett auf dem Basler Messeplatz, das ist absolut keine Option. Wir müssen uns etwas anderes ausdenken. Der Fluchtweg ist vordringlich. Zuerst müssen wir weg von dieser Messe, weg aus Basel. Öffentliche Verkehrsmittel, würde ich meinen. Danach dann raus aus der Schweiz, so schnell wie möglich, erst Frankreich oder Deutschland, dann noch weiter. Ich beispielsweise hab da eine Frau im Zug von Paris nach Basel kennengelernt, so eine Radiotante, gewichtig, aber sehr charmant, die hat ein Ferienhaus in der Camorra oder sonstwo da unten in Süditalien, weit, weit weg, in der Pampa, da kann ich hin und mich unsichtbar machen. Wo willst du denn hin?«

»Ich schnappe mir die Beute von unserem Raubzug, nachdem ich dir eins über den Schädel gehauen habe, Rademacher. Dann fahre ich nach Portugal und schiffe mich in Lissabon ein, um in die Neue Welt zu gelangen.«

»Himmelarsch, Ziegler, sei doch nicht so nachtragend. Diesmal geht es wirklich um die Kohle. Wir sind alt und brauchen das Geld. Und aus rein sportlichen Erwägungen plädiere ich dafür, dass wir zuerst mal ganz seriös die Flucht planen und uns nicht gleich schnappen lassen, um im sozialen Vollzug alt zu werden.«

Ziegler meint nur, wenn Rademacher noch lauter herumbrüllen würde in dieser Beiz, dann könnten sie sich gleich stellen auf der nächsten Polizeiwache, die im übrigen nicht weit von hier sei.

Rademacher seinerseits zeigt nur auf die herumsitzenden

Esser und schüttelt geringschätzig den Kopf. »Die hören uns doch nicht. Für die existieren wir alten Seppen gar nicht. Die sind völlig mit sich selbst und ihren kleinen Leben, ihren Problemen, Plänen und Strategien beschäftigt, diese Kulturwerker und Lehrer und Webdesigner. Schau dir diese Mischpoke nur an, konservative Festhalter, keine Revolutionäre. Jeder sein eigenes kleines Weltzentrum, diese Pisser!«

Ziegler versucht Rademacher zu beruhigen.

»Ja, du hast ja recht, aber du bist ein Vagabund, du hast halt vielleicht kein Zentrum gewollt. Du kannst leicht reden. Schau mich an, ich habe eine eigene Welt, ich habe eine Wohnung, ich habe Ballast, Bücher, Schallplatten, alles Mögliche. Das hängt an mir. Ich kann nicht so einfach abhauen, weder nach Camorra noch nach Paris. Oder nur vorübergehend, dann will ich wieder zurück in meine Bibliothek, zu meinen Pflanzen, auch nach dem Coup bei der BaselWorld. Oder ich will wenigstens einen Teil meines Besitzes mit ins Gefängnis nehmen.«

Rademacher verdreht die Augen, atmet tief ein: »Mir kommen die Tränen. Ach was, gehen wir lieber noch mal unseren Plan durch. Hast du anständige Klamotten? Wir müssen als betuchte Diamantenhändler durchgehen, Ziegler, verstanden? Keine zu kleinen Anzüge, Himmelarsch, erinnerst du dich an Schott, der hatte seinen Firmungsanzug an damals in Glonn. Ich dachte, der platzt ihm beim ersten Schritt am Arsch auf, so knapp war der. Egal, es gibt auch keine falschen Bärte, Toupets, Fensterglasbrillen oder so Zeug. Wir müssen ganz natürlich sein und geschmeidig daherkommen. Ich schneide mir sogar die Haare ab, wenn es sein muss.«

»Hast du eine Ahnung von Schmuck und Uhren, Rademacher? Was da wertvoll ist, was sich lohnt zu klauen, was man weiterverhökern kann? Ich nicht.«

»Verdammt, du bist ein Spaßkiller, Ziegler. Bei dieser Messe ist alles Superklasse und einen Haufen Schotter wert, sonst wäre es ja kein so hochgejazzter Anlass, nehme ich mal an. Wir müssen optisch da reinpassen, verdammt, wir sind doch nicht die Hinterletzten. Wir sind cool. Wir müssen halt mindestens zweimal rekognoszieren, was es überhaupt abzustauben gibt. An dieser Messe wimmelt es doch nur so vor Klunkern, die können doch keine billigen Imitate ausstellen, diese Juweliere. Leider kostet das ein Heidengeld, der Eintritt in die heiligen Hallen. Und denk an all die Überwachungskameras! Man wird uns jagen und hetzen wie räudige Hunde, diesmal kommen wir nicht davon.«

Ziegler denkt an Eva. Scheiße gelaufen, sein Leben in letzter Zeit. Jetzt muss er Plan B umsetzen. Aber wahrscheinlich ist das schon längst Plan X oder Y, was er da mit Rademacher gerade ganz ungehemmt daherträumt.

»Also wir konzentrieren uns auf den Schmuck. Wir stürmen in die Halle, brüllen ›Eigentum ist Diebstahl‹ und sahnen dann bei völlig eingeschüchterten Händlern ab.«

»Ha, ha!« Rademacher muss aber dann doch lachen. »Ziegler, wir haben zwei Tage, um die Sache auszubaldowern. Am dritten Tag schlagen wir zu. Wir schauen uns die Klunkerdealer an, ihre Stände. Wo es was zu holen gibt. Vielleicht müssen wir improvisieren. Aber denk immer daran, dass wir einen Strafbestand liefern müssen, etwas, damit wir bei Nichtgelingen des Coups wenigstens für längere Zeit in die Kiste kommen. Zur Not müssen wir am Schluss noch gewalttätig werden. Ich habe leider meine Knarre einst irgendwo in Süddeutschland verbuddelt und nie mehr ausgegraben. Das war das eine Schießeisen von Glonn. Wer hat eigentlich das andere?«

»Gerda, wer sonst? Aber das spielt jetzt keine Rolle. Keine Gewalt! Schott kann auf keine Dackel mehr schießen. Aber was machen wir mit den geklauten Brillanten? Klemmst du sie dir ins Ohrläppchen?«

»Da wüsste ich einen Typen in Paris, der sie uns abnimmt und vertrauenswürdig ist. Also dann können wir ja zusammen dorthin, du kannst mich auch überwachen, Ziegler, damit ich nicht wieder abhaue mit der Beute.« Rademacher lacht rasselnd, dann hustet er lange. Der wird es nicht mehr lange machen, wenn er wirklich Krebs hat, denkt Ziegler.

In das traute Zwiegespräch scheppert Rademachers Smartphone los. Er hat sich das Ding kurz vor seiner Abreise aus Paris geleistet, weil ihn so ein Apparätchen fasziniert, obwohl es keinen Motor hat und kein Maschinenöl braucht. Ein iPhone 4, seit einem halben Jahr auf dem Markt, der große Renner und quasi unverzichtbar, wie der etwas ungepflegte junge Mann im Kommunikationsshop dem zögerlichen Rademacher versichert hat. Innert Kürze würde die gesamte Menschheit mit so einem Ding herumlaufen, man könne alle digitalen Segnungen problemlos genießen. Dabei hat der Verkäufer auf dem schwarzen Kästchen herumgedrückt, als ob er damit die Welt steuern könnte.

Ziegler sieht Rademacher kopfschüttelnd an: »Machst du also auch mit bei dieser Simulation von Wirklichkeit? Mich hat das digitale Zeitalter in den Ruin getrieben. Ich war ja mal ein gesuchter Musikproduzent, aber das Internet hat den Musikmarkt gekillt. Seither kommt mir keine solche Kiste mehr ins Haus, und ich lebe prächtig ohne.«

Rademacher schaut Ziegler zweifelnd an: »Du und erfolgreich? Als Musikproduzent? Ehrlich? Hochachtung! Aber ohne Internet geht doch heutzutage gar nichts mehr.«

Er grabscht an seinem iPhone herum und auf dem Bildschirmchen erscheint eine Nachricht, Didier Héléna ist der Absender. Er sei in Paris. Mit seiner neuen Frau. Wo Rademacher sich aufhalte? An den Text ist ein Foto angehängt.

Auf dem Screen des Smartphones entsteht ein Bild, das einen ebenso breit lächelnden wie breit gewordenen Didier zeigt. Nur etwa ein Viertel des Bildes nimmt eine Frau ein. Eine Frau in Didiers Alter, aber immer noch sehr schön. Rademachers Gehirn beginnt zu arbeiten, wirft Wellen. Er lässt das Smartphone plötzlich fallen.

Ziegler hebt das Ding auf, schaut aufs Bildschirmchen und schreit auf.

»Das ist doch Gerda! Rademacher, alte Krebskrücke, wieso hast du ein Foto von ihr auf deinem Telefon und wer ist der Mann da?«

»Was hast du mir da erzählt, dass sie tot ist, du schiefes Gestell? Das ist Gerda!«

Beide starren atemlos auf den kleinen Bildschirm. Kein Zweifel, das ist Gerda, auch wenn Didier in seiner Mail schreibt, er komme mit Ida Jelmini, seiner neuen Frau, nach Paris.

»Diese Matz!« Rademacher findet als Erster die Sprache wieder.

Ziegler kratzt sich an den Armen und atmet tief ein: »Planänderung, Rademacher, ich schnappe mir die Beute des Überfalls, nachdem ich dir eine über den Schädel gehauen habe. Dann fahre ich nach Paris, überzeuge Gerda, diesen Didier Héléna zu erschießen und dann hauen wir beide nach Südamerika ab.«

Rademacher schüttelt immer noch den Kopf: »So eine Matz, ja leck mich am Arsch, so eine Matz!«

Nachspiel

Jérémy hat nichts mehr von Rademacher oder Ziegler gehört und ist nun etwas überrascht, als ihn der Ex-Freund der Mutter seiner Freundin treffen will.

Nicht bei Eva, das sei nicht opportun, leider, leider. Der Ex-Bankräuber will sich in einem Etablissement in der Innenstadt Basels treffen, das nicht von bärtigen Strubbelköpfen mit auffälligen Hornbrillen im Schlabberlook besetzt ist. Jérémy kennt aber nichts anderes, und so bestimmt man eine Bar auf dem Kasernenareal als Treffpunkt.

Jérémy sieht Ziegler geradezu beschwingt über den grünen Rasen des Kinderspielplatzes daherschreiten und ohne Zögern in die gut gefüllte Bar treten. Er sieht bedeutend besser aus als vor kurzem noch in Paris. Richtig unternehmungslustig kommt er daher. Wahrscheinlich hat er sich zuhause ein paar seiner energiegesättigten Punkplatten angehört, denkt Jérémy.

Ziegler lächelt breit und umarmt den verblüfften Teenager. Was er denn zu trinken wolle? Er nippt schließlich wie Jérémy an einem Gesundheitsbier. Sie unterhalten sich darüber, ob der FC Basel in der Meisterschaft die führenden Berner Young Boys ein paar Runden vor Schluss wohl noch einholen kann. Beide sind sie ganz dezidiert dieser Ansicht. Dann reden sie über Punk und auch über die Ritter des Todes. Aus dem Gesundheitsbier wird ein anständiger Drink mit kubanischem Rum.

Schließlich fragt Ziegler den Teenager, ob er ihm einen großen Gefallen tun könne. Er müsse vorübergehend verreisen und habe niemandem, der nach seiner Wohnung sehe. Aus verständlichen Gründen würden Letitia oder Eva

Schaub ausfallen. Ob er, Jérémy, denn nicht nach dem Rechten schauen wolle? Er kenne ja seine Bibliothek und die Pflanzen. Er dürfe auch alles benützen, Plattenspieler und so weiter. Es wäre ihm, Ziegler, nur recht, wenn das alles sehr diskret abginge. Kein Wort zu niemand, sozusagen. Und Vertrauen, Urvertrauen quasi, sie seien doch Genossen.

Jérémy ist irgendwie geschmeichelt, na ja, das könne er schon machen. Und vertrauenswürdig ist er auf jeden Fall. Er fragt nach, wohin Ziegler denn verreisen wolle. Der lächelt nur geheimnisvoll und meint, nachdem er noch zwei kubanische Drinks bestellt hat, dass es besser sei, wenn Jérémy nichts davon wisse. Hier sei der Schlüssel. Und, ach ja, Rademacher und er hätten noch eine besonders gelungene Aktion auf der Pfanne. Jérémy würde dann schon sehen, was Sache sei …

Drei Tage später sitzt er mit Letty und Eva am Frühstückstisch. Die Mutter seiner Freundin hat sich gänzlich erholt von ihrem Unbill.

Jérémy hat Fotzelschnitten gemacht, das perfekte proletarische Mahl. Zwei, drei Tage altes Weißbrot oder Semmeln in Milch und Ei eingelegt und in Butter gebraten. Danach mit Zimt und Zucker bestreut oder zu Kompott, ein Gericht wie die Revolution, süß und sättigend.

Er isst mit Vergnügen, bis er Eva zu ihrer Tochter sagen hört, dass dieser Ziegler wohl doch nichts für sie sei.

»Ach, Letty, weißt du, der ist mir ein bisschen zu langweilig. Immer nur auf den Spuren der Vergangenheit herumwandern. Ich will ja jetzt leben, solange ich noch kann. Reisen, Sachen anschauen. Wie schnell ist alles vorbei. Der Überfall da in Paris, der soll mir eine Lehre gewesen sein.«

Letitia Schaub strahlt durch ihre Haarfransen: »Gell, Mam, ich hab es dir doch gesagt, oder?«

Jérémy überlegt sich, ob er etwas zur Verteidigung von Ziegler sagen soll, lässt es dann aber bleiben. Gegen die beiden Frauen kommt er nicht an. Er nimmt noch eine

Gabel voll Fotzelschnitten und schlägt dann die Zeitung auf. Auf der ersten Seite liest er in großen Buchstaben die Meldung über einen erfolgreichen Diamantenraub an der BaselWorld.

Er freut sich ganz instinktiv für die kaltblütigen Räuber, aber dann beginnt es plötzlich in seinem Oberstübchen zu rattern und einzurasten. Das kann doch wohl nicht wahr sein. Jérémy prustet, spuckt ein bisschen Fotzelschnitte aus und beginnt dann zu lachen und zu lachen, von Letitia und Eva Schaub sorgenvoll beobachtet.

Die internationale Presse hat am Tag nach dem Ende der Messe 2011 echte Top-News zu verbreiten:

»Dreisten Dieben ist auf der weltgrößten Uhren- und Schmuckmesse in Basel ein millionenschwerer Coup gelungen. Wie erst jetzt bekannt wurde, erbeuteten die Täter am Sonntag nach Angaben der Schweizer Staatsanwaltschaft auf der BaselWorld aus einer Vitrine vier Diamanten im Wert von mehreren Millionen Euro. Obwohl die Messehalle sofort abgeriegelt wurde, entkamen die Diebe. Die Tat ereignete sich gegen elf Uhr. ›Das war ein sehr professioneller Raubzug‹, sagte ein Sprecher der Staatsanwaltschaft. ›Einer der beiden lenkte die Aufmerksamkeit der Angestellten des Diamantenhändlers auf sich, während der andere die Vitrine öffnete.‹

Der Diebstahl sei erst eine Viertelstunde nach der Tat entdeckt worden. Dadurch hätten die Täter offenbar genug Zeit zur Flucht gehabt, sagte der Sprecher der Staatsanwaltschaft. Nachdem der Diebstahl durch den israelischen Händler bemerkt wurde, wurde die betroffene Halle abgeriegelt. Der Bestohlene meint, sich an zwei ältere Herren zu erinnern, die ihm verdächtig vorkamen.

Laut einem Bericht der Nachrichtenagentur SDA konnten die Messebesucher, die sich gerade in dem Gebäude befanden, dieses etwa eine halbe Stunde lang nicht verlassen. Von den Dieben und den Diamanten gab es aber keine

Spur. Die Polizei setzt nun auf die Aufnahmen von Überwachungskameras und mögliche DNA-Spuren.

Als sicher gilt, dass die Diebe den Tatort in den vergangenen Tagen mehrmals ausgekundschaftet haben. Die BaselWorld ist die weltgrößte Uhren- und Schmuckmesse. Knapp 1900 Aussteller aus 45 Ländern präsentieren dort auf mehr als 160 000 Quadratmetern ihre Ware.

Die Messe zieht immer wieder Kriminelle an: So türmte letztes Jahr ein Mann mit Juwelen im Wert von 13 Millionen Franken (zehn Millionen Euro). Auf der filmreifen Flucht schnitt ihm aber ein Polizist den Weg ab – der 29-Jährige wurde danach zu dreieinviertel Jahren Haft verurteilt.

Zudem hat noch vor Beginn der diesjährigen BaselWorld ein Unbekannter rund eine Million Franken erbeutet: Er stahl vergangene Woche einem spanischen Schmuckhändler, der auf dem Weg zur Messe war, im Flughafen Zürich einen Trolley voller Edelsteine.«

Aus unserem Verlagsprogramm